# Le voleu ores



# 影子的人

馬克・李維／著
段韻靈／譯

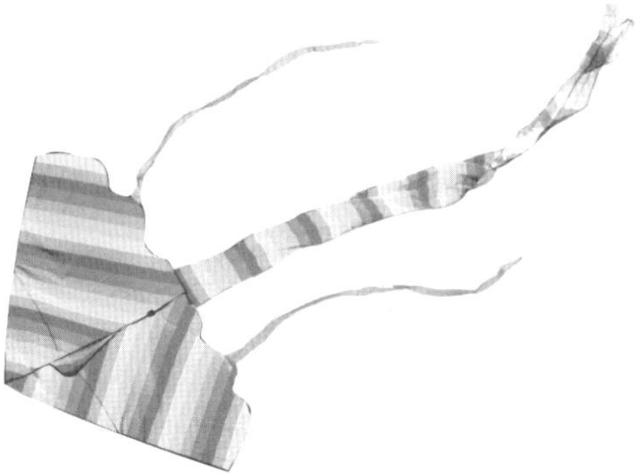

# 聆聽你的內在小孩

彭樹君

經典童話《小飛俠》裡，彼得潘遺失了他的影子，被小女孩溫蒂撿到；溫蒂不但幫彼得潘縫好影子，還跟他一起回到由失落的孩童所組成的夢幻島，從此展開一連串的奇幻冒險旅程。

這本《偷影子的人》也有彼得潘的身影，故事同樣從影子開始，主角也同樣陷落在時間的定格裡。彼得潘拒絕長大，本書的主角則是離開了童年，卻離不開童年的暗影，除非完成自我療癒的過程，否則無法真正長大。

主角擁有特殊的天賦，可以與影子交談，只要他願意，就能知道深藏在別人心底的祕密；雖然他「害怕黑夜，害怕夜影中不請自來的形影」，可是卻必須接受這份天賦並使用它，為每一個來向他請託的影子找回隱匿的記憶拼圖，治癒潛意識裡深埋的傷痛。

人與人之間的言語總是經過層層包裝，影子與影子的密談卻能心心相印，但這個有能力藉由影子來讀心的男孩，可以了解別人說不出口的心事，卻不了解內在深處的自己，即使他後來成為一位醫生，同時療癒別人的身體與心靈，可他一直不知如何處理父親離家的創傷，也總是不能對愛他的女人敞開心門。直到一只風箏帶著他飛回了過去，他才知道自己始終在等待並追尋的，是遺落在童年的那些未完成的心願。

也許我們的心裡也有一個失落的孩童，陷溺在童年的暗影裡；也許我們也該找一個有月光的夜晚，與我們那條孤獨的影子密談；也許只有療癒了過去，我們才能真正長大。我想，這就是這本《偷影子的人》想要傳達的訊息吧。

（本文作者爲作家）

## 佳評迴響

馬克·李維的新書銷售得比他影子消失的速度還快！上市一周狂銷四十五萬冊，我們毫不質疑這美麗的故事滿溢著許多睿智片段。

——《新觀察家周報》

二〇一〇年夏季，法國最暢銷的小說！

——《電訊報》

一首對童年、夢想以及想像力的頌歌。作者寫作技法栩栩如生，極富電影臨場感。

——《費加洛報》

在第十一部小說中，馬克·李維忠於自己，用一貫簡單、明確又有力的筆法述說了一則感人的故事。這位販售夢想的作家成功鑽入主角的軀體，以完美語氣演繹了一個能和影子對話的小男孩以及一名醫學院的傑出學生。馬克·李維深諳善用自身過人的感受力，從親身經歷中深掘出滋養書中人物及故事的生命力，而作家對營造美麗愛情故事的寫作才華以及對書中角色精闢的心理分析，絕對不會讓書迷失望。

——《費加洛文學周報》

《偷影子的人》展現了神奇的魔法。

——《巴黎人報》

筆法極簡，敘述手法富有情感，並賦予快樂的結局。

——《解放報》

每次出書平均售出上百萬冊，十年的寫作生涯，銷售超過千萬冊，這樣的戰績讓馬克・李維榮登最多讀者閱讀及最多翻譯語言的法國作家。他的第十一部小說《偷影子的人》當然也依循慣例狂刷四十五萬冊，如同李維一貫的風格，本書以童年、愛情及友情調和成一道風味醬汁，還摻入了少許桑貝《小淘氣尼古拉》的幽默筆觸。

——《快訊周刊》

率真且生動，馬克・李維至今最動人的小說。

——《家樂福新知》

馬克・李維很擅長說故事，他知道如何以熱情和溫暖來擄獲讀者的心……在這個感人故事裡，他娓娓述說著一個孩子能透過影子聽到他人想法、希望與痛苦的故事。在此，馬克·李維也隱約將部分的自己投射其中。

——《巴黎—諾曼地報》

一個愛與友情盛開的美麗世界，在此，想像力超越了一切日常生活及人際關係。

——《東部快報》

透過《偷影子的人》，馬克·李維為我們帶來一個浪漫又動人的故事。

——《女性觀點》雜誌

馬克·李維最感人的小說。

——《巴黎競賽》雜誌

一本非常美麗動人的小說。讀到最後幾行時，我實在捨不得抽離，於是，為了延長閱讀的感動，我又重讀了數次，讓自己沉浸在故事氛圍裡……終於闔上書時，彷彿也闔上了自己部分的童年和青春，它們沉睡在記憶深處一角，正是被馬克・李維喚醒的！

——Yuki

這本書讓我深深感動，甚至潸然淚下。它清新又純真，充滿了「小小的幸福感」，讓我度過了很美妙的閱讀時光，也為我保留了心裡的悸動和孩童般的無邪靈魂，讀完真的覺得心情愉快！

——Framboise64

非常棒的小說。充滿美麗情感的故事，書中滿是幽默、感動、真情、愛情和友情。馬克又再一次為我們獻上感人肺腑的大作！

——Nell40

我愛極了馬克・李維，我擁有他全部的作品，但我最驚豔的是他驚人的成長速度，他的書寫得一本比一本好看，情節更緊扣人心。我晚上開始翻開書，午夜時正好讀到最後一頁，才發現自己根本沒注意到時間流逝，還依依不捨自問：「什麼？竟然已經看完了？」謝謝馬克・李維，何時會出下一本呢？

——Baniere Marianne

我自認讀過所有馬克・李維的作品，然而每一次閱讀，仍會帶來全新的歷險體驗。這次我花了三個晚上來讀這本小說，覺得它更與眾不同，相較於其他作品，它更寫實，也更貼近真實的生活。

——Eliane Kalsch

馬克・李維的最新作品以魔幻筆觸貫穿全書，將我們捲入浪漫主義的浪潮，這股魔力不是要讓我們驚豔，而是要讓我們從中學習、從中發現、進而能據此反思己身……讓我們讀到尾聲時仍舊不捨抽離，捨不得闔上那扇被開啟的記憶之門，那些我們慣於隱藏、區隔在記憶深處的記憶，那些關於我們自己、關於青春、關於童年的一切……

——Christian Aufranc

獻給寶玲、路易和喬治

有些人只擁吻影子，於是只擁有幸福的幻影。

——莎士比亞

愛情裡最需要的，是想像力。每個人必須用盡全力和全部的想像力來形塑對方，並絲毫不向現實低頭。那麼，當雙方的幻想相遇……就再也沒有比這更美的景象了。

——羅曼．加里（Romain Gary）

我害怕黑夜，害怕夜影中不請自來的形影，它們在幃幔的褶溝裡、在臥室的壁紙上舞動，再隨時間消散。但只要我一回憶童年，它們便會再度現身，可怕又充滿威脅性。

有句中文諺語說「君子不乘人之危」，一直到我來到新學校那天，才體會到這句話。我的童年就在這裡、在這個操場上。我一直想揮別童年，成為大人，童年卻緊黏著我的皮肉，鑽入這具對我而言太擠又太小的身軀裡。

「你看著吧，一切都會順利度過……」

開學日，我背靠著一棵懸鈴木，看著小團體一個個組成，我不屬於其中一個，得不到微笑、擁抱，沒有一絲假期過後重逢的歡樂，也沒有對象可傾訴我的假期生活。轉過學的人應該熟悉這場景：九月的早晨，父母向你保證一切都會順利度過，一副他們還記得當年事的模樣！而你只能用哽咽的喉嚨回應。其實他們全都忘了，不過這不是他們的錯，他們只是老了。

川堂裡，鐘聲鳴盪，學生面對老師排成好幾列，聽老師一一點名。有三個人戴眼鏡，人數不算多。我被分到六年C班，再一次成了全班年紀最小的人；我很倒霉，出生在十二月，雖然爸媽很高興我早讀了六個月，他們為此得意，每次開學我卻都為此懊惱。

成為全班年紀最小的人，意味著要擦黑板、收粉筆、收體育館的運動毯、把籃球排放在很高的球架上。更糟的是，拍全班團體照時得獨自坐在第一排；在學校裡，再也沒有比這更丟臉的事了。

但這一切根本就不算什麼，因為六年C班還有一個名叫馬格的惡霸，也是我最大的敵人。

如果說我算早讀了幾個月（多虧了我爸媽）的話，馬格則晚了兩年入學。他爸媽根本完全不管他的死活，只要學校接管他們的兒子，讓他在學生餐廳吃中餐、傍晚才回家，他們就滿意了。

我戴眼鏡，馬格卻有著鷹般銳利的眼。比起同齡男孩，我的視力大概弱了十公分，馬格卻剛好多了十公分，而這點差異，就造就了我和他之間公認的差距。我討厭籃球，馬格只懂得伸長手投籃進框；我愛讀詩，他愛運動，兩者雖不至於水火不容，但也差不多了。我愛觀察樹幹上的蚱蜢，他則愛把牠們捉來折斷翅膀。

然而我們卻有兩個共通點，其實應該說一個：伊麗莎白！我們倆都喜歡她，但伊麗莎白正眼也不瞧我倆一眼。按理說，這應該會讓我跟馬格同病相憐，但偏偏讓我們成了對手。

伊麗莎白不是學校裡最漂亮的女生，卻是最有魅力的。她綁頭髮的方式很獨特，動作簡潔又優雅，尤其她的笑容，足以照亮秋季最陰鬱悲傷的日子，就是那種陰雨綿綿時，你泡水濕透的鞋子在碎石子路上汲汲作響，街燈不眠不休日夜照在通往上學之路的那種日子。

我的童年就在那裡，帶點憂愁又有點悲痛。在這外省的小城市裡，我拚命等著伊麗莎白垂憐而看我一眼，在絕望中等待長大。

*Un*

我只花不到一天的時間，就讓馬格對我恨之入骨，才短短一天我就犯下無法彌補的錯誤。我們的英文老師——雪佛太太剛跟我們解釋，簡單過去式就是某種已結束的過去，與現在再無關聯，無法持續，能清楚在時態中定位。多了不起啊！

說時遲哪時快，雪佛太太用手指著我，要我自選一句例句來說明。我提出如果學年制是簡單過去式就棒極了，伊麗莎白爆出一陣大笑，我的笑話只逗笑了我們兩個，我因此推測班上其他人根本就沒搞懂英文簡單過去式的定義，馬格卻因此認定我在伊麗莎白心中贏得了一席之地。這一刻決定了我整個學期的悲慘命運，從這個星期一，開學的第一天，更精確來說是從英文課後，我就活在真正的地獄裡。

我馬上就被雪佛太太處罰了，判決從星期六早上開始執行——掃操場的落葉三小時。我恨秋天！

星期二和星期三，我的報應是馬格一連串的絆腳。每次我摔倒在地，馬格就又往「全班逗樂王」的寶座前進了一步，其至遙遙領先眾人。不過伊麗莎白不覺得這樣好笑，所以他的報復心遠遠無法滿足。

星期四，馬格更拉高報復層級。數學課時，我被他反鎖在我的櫃子裡，他先把我硬塞進去，再用掛鎖把門鎖上。最後是來打掃更衣室的警衛聽到了我的敲打聲，我透過通氣孔，用微弱的聲音告訴警衛密碼，請他幫我開門。為了又怕因為告密而平添更多麻煩，我只說自己太笨，在找躲避處時誤把自己關在裡面。警衛驚訝的問我怎麼從櫃子裡用掛鎖反鎖櫃門，我假裝沒聽到問題，趕快溜走。我錯過課堂點名，星期六的處罰又被數學老師加重了一小時。

星期五更是一周最慘的一天。馬格在我身上試驗了牛頓的萬有引力定律，我們十一點的物理課剛剛學到。

簡單來說，牛頓的萬有引力定律就是兩個物體間有一種相互吸引的力量，此力與兩物體的質量成正比，而與兩物體的距離平方成反比。這股力量會呈直線穿過兩物體的重心點。

以上是我們在教科書上讀到的，但實際操作又是另一回事。想像一下，一個人從學生餐廳偷了一顆番茄，不是為了想吃它，而是別有企圖；他等著他的受害者走到可及的距離，然後用盡臂力對上述番茄施展推力，然後大家可以看到，牛頓定律在馬格的實驗裡並不如預期。我真痛恨這個實驗證明，因為番茄投射的方向並不遵循法則、筆直擊中我的身體重心，而是正中我的眼鏡。在餐廳一片哄堂大笑聲中，我辨認出伊麗莎白的笑聲，如此直接又如此美麗，讓我深深沮喪起來。

星期五晚上，我媽又用那種她向來都對的語氣跟我重複：「你看吧，一切不是都順利度過了嗎？」我把處罰證明放在廚房的餐桌上，宣稱我不餓，就上樓睡覺了。

處罰日的星期六早上，當同學們坐在電視前吃著早餐時，我已經走在上學的路上。

操場很冷清，警衛把我那妥善簽名的處罰證明摺了摺，收進灰色外套的口袋裡。他給了我一支長柄叉，要我小心使用不要弄傷自己，又指了指籃球框下那堆落葉和手推車，籃球網袋看起來就像該隱的邪惡之眼*，或許應該說是馬格之眼。

我和那堆枯葉足足奮戰了半個多小時，直到警衛跑來營救我。

「咦，我記得你，你就是那個把自己反鎖在櫃子裡的小子對吧？開學第一個星期六就被處罰，這跟從櫃子裡用掛鎖反鎖櫃門一樣了不起啊。」他邊說邊拿走我手上的長柄叉。

他俐落地將長柄叉剷進那座小落葉山裡，並且剷起一大堆葉子，數量之多，是我從剛剛開始做到現在所遠遠不能及的。

* 該隱之眼出自聖經故事：該隱及亞伯為亞當及夏娃之子，該隱因嫉妒而殺害弟弟亞伯，其後遭上帝懲罰，終身流浪。

「你做了什麼好事被罰來掃落葉？」他邊問我邊剷起葉子堆滿手推車。

「動詞變位變錯！」我含糊帶過。

「唔，我沒立場指責你，文法向來不是我的強項。你看起來對打掃也不太在行啊，有沒有什麼事是你拿手的呢？」

他的問題讓我陷入沉思，我徒勞無功地在腦中把問題翻來覆去，想了又想，還是想不出我有半點天分。然後我突然明白，為何爸媽在我早讀六個月這件事上這麼執著：因為我沒有其他可以讓他們為兒子驕傲的地方啊！

「一定有什麼東西是你熱愛、並且最喜歡去做的，一個未完成的夢想？」他加了一句，一邊掃起第二堆落葉。

「馴服黑夜。」我結結巴巴地說。

伊凡笑了（伊凡是警衛的名字），他笑得太大聲，兩隻麻雀被嚇得撤離棲身的樹枝，振翅逃竄。我則是頭低低的，兩手插在口袋裡，從操場另一頭離開。伊凡在半路攔住我。

「我不是要嘲笑你，只是你的回答有點出乎意料之外，如此而已。」

籃球框的影子長長拖在操場上，太陽遠遠觸不及蒼穹，而我的處罰遠遠談不上做完。

「那你為什麼想馴服黑夜？這個想法很有趣耶！」

「你也一樣經歷過我這個年紀啊。夜晚總是在嚇你，你甚至請求大人把房間的百葉窗關起來，以確保夜晚不會溜進來。」

伊凡一臉驚愕地瞪著我，他的臉色變了，和悅的神情也消失了。

「第一，你說的都不對，第二，你怎麼知道這些的？」

「就算我說的都不對，那又怎樣？」我邊反駁邊繼續走我的路。

「操場不大，你跑不遠的。」伊凡說著追上我，「你還沒回答我的問題呢。」

「我就是知道，就這樣。」

「好啦，我承認我以前真的很怕黑夜，但是我從來沒有跟任何人提過這件事。這樣吧，如果你告訴我你是怎麼知道的，並且向我發誓你一定會保守祕密，我十一點就讓你偷溜，不用留到中午。」

「一言為定！」我邊說邊舉起手掌。

伊凡和我擊掌，定定地看著我，我其實一點都不知道我怎麼得知警衛小時候怕黑夜怕成這樣，也許只是剛好把自己的恐懼向他加油添醋一番罷了。大人為什麼總要為每件事找出一番解釋呢？

「過來，我們來這邊坐。」伊凡指著籃球框旁邊的長椅命令道。

「我比較想坐那邊。」我指著對面的長椅說。

「好啦，聽你的！」

我該怎麼向他解釋，就在剛剛，當我們肩並肩站在操場上時，我好像看到了一個跟我差不多年紀的他？我不知為何會這樣，也不懂為什麼會有這種錯覺，只知道他房間的壁紙已經泛黃，他家的地板踩起來會吱吱作響，而這常常讓他在夜晚來臨時嚇得臉色發青。

「我不知道，」我怯怯地說，「我剛剛是亂猜的。」

我們兩個在長椅上靜靜坐了好一會兒，然後伊凡笑了，他拍拍我的膝蓋，站了起來。

「好了，你可以走啦，我們有約在先，現在已經十一點了。不過你要記得保守祕密，我可不想還有別的學生來取笑我。」

我跟警衛道別，比原先預訂的時間早了一小時回家，一邊想著不知道爸爸會怎樣迎接我；他昨天很晚才出差回來，現在這個時間，媽媽一定跟他解釋過我為什麼不在家裡了。我又會因為開學第一個週六就被老師處罰，而遭受什麼其他的處罰呢？正當我走在回家路上，腦中不斷盤旋著這些灰暗念頭時，一件驚人的事讓我大吃一驚——太陽已經高掛在天空，我發現我的影子大得詭異，比平常還要高壯許多。我停下腳步，近距離觀察影子，我發現它的身形和我的大不相同，好像立在人行道上的影子不是我的，而是別人的一樣。我再度仔仔細細端詳，突然看到一些不屬於我的童年片段。

一個不認識的男人把我拖到花園的盡頭，他抽出皮帶，狠狠地教訓了我一頓。

即使大發雷霆，爸爸也從來沒對我動過手。我忍不住猜想，這段記憶究竟來自於哪一段回憶。潛意識裡，我覺得這似乎不太像是我的遭遇（為了不要太武斷的說這「不是」我的回憶）。我加快腳步，怕得要死，決定用最快的速度衝回家。

爸爸在廚房等著我，一聽到我在客廳放書包的聲音，他就叫我過去，聲音聽起來頗嚴肅。

因為成績差、房間亂、玩具亂丟、半夜搜刮冰箱、很晚還用手電筒偷看書、把老媽的收音機貼在耳邊偷聽，更別提某一天，趁老媽沒注意到我時，把超市的糖果偷偷塞滿了口袋……我確實好幾次成功地把爸爸激得火冒三丈、怒髮衝冠，但我還知道要一些小心機，比如堆出一臉讓人難以抗拒的懊悔笑容，這通常能擊退最恐怖的風暴。

這一次，我沒有用上我的計謀，爸爸看起來沒有生氣，只是難過。他要我坐在餐桌對面，把我的雙手握在手中。我們的談話持續了十分鐘，僅此而已。他跟我解釋了一堆關於人生的事情，還說等我到他這個年紀就會瞭解了。我其實只從中聽懂了一件事：他要離開家。我們還是會盡可能常常見面，但關於他所謂的「盡可能」，他也沒有能力對我多解釋。

爸爸起身，要我去媽媽的房間安慰她。在我們這段談話之前，他應該會說「我們的房間」，但從此之後，就只會是媽媽的房間了。

我立刻乖乖聽話上樓，爬到最後一階時，我轉身，爸爸手上拎著一個小行李箱，對我比了一個再見的手勢，大門就在他背後關上了。

從此，爸爸從我的童年消失。

我和媽媽共度了周末，假裝沒有察覺她的憂傷。媽媽什麼都沒說，只是偶爾會長長的嘆息，然後立刻淚水盈眶，但她都會轉過身去，不讓我看到她的眼淚。

午後，我們一起去超市，我長久以來發現到一件事：只要媽媽心情不好，我們就會去買菜。我完全無法理解為什麼一包麥片、幾把青菜或幾盒蛋能療癒心靈……我看著媽媽穿梭在各個貨架間，想著她記不記得還有我在她身邊。總要等到購物籃裝滿了，荷包空了，我們才會回家，然後媽媽又得花上無窮盡的時間來收這些生活必需品。

這天，媽媽烤了一個蘋果卡卡＊蛋糕，淋上厚厚的楓糖漿，她在餐桌上擺了兩付餐具，把爸爸的椅子移到地窖去，然後走回來坐在我對面。她打開瓦斯爐旁的抽屜，拿出我生日時吹剩的蠟燭插在蛋糕中央，點上蠟燭。「這是我們第一頓

＊蘋果卡卡蛋糕（Quatre-quarts aux pommes）：quatre quarts 的意思是四乘以四分之一，顧名思義就是以四種原料（砂糖、蛋、奶油、麵粉）各占四分之一比例而烤成的蛋糕。此處採音譯，亦有人採意譯而譯為四又四分之一蛋糕。

愛的晚餐，」她笑著對我說，「我和你，我們兩個都應該好好記住。」

回想起來，我的童年還真充滿了很多個「第一次」。

淋上楓糖漿的蘋果卡卡蛋糕便是我們的晚餐。媽媽抓起我的手，把手握緊在她掌心。「要不要跟我談談你在學校遇到的問題？」她問我。

☘

媽媽的憂傷占據了我的思緒，我完全忘記了星期六的不幸遭遇。我一直到了走在上學的路時，才又想到這件事。真希望馬格的周末比我的愉快許多，誰知道呢，運氣好的話，他可能不需要一個出氣筒。

六年C班的隊伍已經在川堂排好了，點名聲毫不遲疑的響起。伊麗莎白就站在我前面，她穿著一件海軍藍毛衣和一件及膝格子裙。馬格轉過身，對我拋來的眼神不懷好意。學生隊伍魚貫成隊形，走進教學大樓。

歷史課時，亨利太太講述法老王圖唐卡門死亡的情景，一副他死時她正好在他身邊的樣子，我則心懷恐懼地想著課休時間。

下課鐘在十點半響起，一想到要和馬格一起置身在操場上，我就一點都興奮不起來，但我還是被迫跟著同學走出去。

當馬格走過來，一屁股坐在我身邊時，我正獨自坐在長椅上。被罰做勞動服務那天，我和警衛也是坐在這張長椅上閒聊，回家後才知道爸爸要離開我們。

「我時時刻刻都在盯著你！」他抓著我的肩膀對我說，「當心點，別妄想參選班長。我是班上年紀最大的，所以這個職位屬於我。你要是想要我放你一馬，給你一個建議，放低調一點，然後離伊麗莎白遠一點，我是為你好才跟你說這些。你太嫩了，根本一點機會都沒有，所以光妄想是沒用的，你只是白白給自己找罪受罷了，小蠢蛋。」

這天早上，操場上天氣很好，我記得很清楚，理由如下：我們倆的影子在地上肩並肩靠在一起，馬格的影子足足比我的高出一公尺多，就數學觀點來說，那是比例問題。我偷偷移了一下位置，讓我的影子疊在他的上面。馬格什麼都沒察覺，我則因為這小小的詭計而愉悅；終於這一次是我占上風，做做夢又沒損失。本來正不斷摧殘我的肩膀的馬格，一看到伊麗莎白經過只距離我們幾公尺的七葉樹就站了起來。他命令我不准動，終於放過我了。

伊凡走出工具間，朝我走了過來，並且以嚴肅的神情看著我，嚴肅得讓我不由得自問我還能為他做什麼。

「我為你父親的事感到遺憾，」他對我說。「你知道的，隨著時間流逝，很多事情最後可能都會迎刃而解。」

他怎麼已經得知這個消息？我爸離開的事應該還不至於登上鄉下小報的頭條新聞吧？

而事實是，在外省的小城市裡，所有流言蜚語都為人津津樂道，人人都熱衷於他人的不幸。一認知到這點，爸爸離開的事實再次沉重地壓在我的肩上，好大的重擔啊！可想而知的是，說不定從爸爸離開那天晚上起，班上所有同學家裡就都在討論這件事，有人會把責任推給我媽，有人則說都是爸爸的錯。不管是以上哪種狀況，我都是那個沒辦法讓爸爸快樂、讓他願意留下的沒用兒子。

今年開始得真糟啊！

「你跟你爸相處得好嗎？」伊凡問我。

我點點頭，一邊目不轉睛地盯著我的鞋尖。

「人生就是場爛戲。我爸爸是個爛人，我以前恨不得他離家。我趕在他之前離開家，就是因為他的關係。」

「我爸可從來沒打過我！」為了避免誤會，我反駁道。

「我爸也沒有。」警衛回辯。

「你要是真想跟我當朋友，就應該說實話。我知道你爸爸打過你，他還為了用皮帶好好抽你一頓，而把你拖到花園裡面去。」

但是，是誰讓我脫口說出這件事的？我不知道這些話怎會突然從我口中迸了出來，也許我的潛意識想跟伊凡吐露，在我被處罰的那個該死的周六所看到的影像吧。他直勾勾地死盯著我的眼睛。

「誰告訴你這些的？」

「沒人。」我困惑地回答。

「你要不是狗仔，要不就是騙子。」

「我才不是狗仔！那你呢？誰告訴你我爸的事的？」

「你媽媽打電話來通知時，我正拿信給校長，校長一接到電話，就驚愕地提高了聲量，她不斷重複：『這些該死的男人，真是混帳、爛人。』當她意識到我正站在她面前，她好像覺得必須致歉，她對我說：『伊凡，我不是指你』、『我當然不是在說你』，她甚至又重複了幾次。才怪哩，她當然覺得我也是一樣，她甚至覺得全天下的男人都是一樣；在她眼中，我們都是混蛋。你要是看過當初學校轉為男女混校時她有多難過，你就會理解。小子，只要是男的，就屬於壞蛋一族。大家都知道，一旦男人瞞著老婆搞外遇，人們就會問『跟誰啊？』、『對方是怎樣的人？』、『是不是同樣背著老公亂搞的狐狸精啊？』嘿，我清楚得很，你看著吧，等你長大你就懂了。」

我想讓伊凡誤以為我聽不懂他的大道理，但我才剛跟他說過，我們的友誼不能建立在謊言上，我其實很清楚他說的事。事情的開始是媽媽某天從爸爸的大衣口袋裡翻出一支口紅，爸爸推說他完全不知道口紅是打哪兒來的，還言之鑿鑿地說，這一定是辦公室同事開的惡意玩笑。爸媽吵了一個晚上，而我整晚學到的不忠字眼，比從所有媽媽愛看的電視連續劇中聽到的還多。即使看不到影像，但演員就在你隔壁房間上演的戲碼，自然更真實。

「好了，我已經告訴你我如何得知你爸的事，現在輪到你說了。」伊凡接話。

鐘聲響起，休息時間結束，伊凡低聲咒罵了幾句，命令我快回去上課，他還加了一句：「我們的事還沒結束呢，我們兩個之間。」他起身朝工具間走去，我則走回教室。

我面朝太陽走著，突然轉身一看，我身後的影子又變回嬌小，而警衛身前的影子則比我的大出許多。在這一周的開始，至少有一件事情回歸常軌了，這讓我著實安心不少。也許媽媽說的對，我的想像力太豐富，讓我陷入不少困境。

☘

英文課我什麼都沒聽進去，一來我還沒原諒雪佛太太對我的處罰，再者，反正我的心思早就飄到別處去了：媽媽為什麼要打電話給校長，跟她說自己的私事，甚至是我們的生活私事呢？就我所知，她們並不是好朋友啊，而且我認為坦承這樣的隱私很不合宜，難道她以為消息傳開以後，結果會對我有利？我跟伊麗莎白會根本毫無機會啊！好吧，就算我假設伊麗莎白喜歡戴眼鏡、個子又嬌小的男生（這已經是一個相對樂觀的假設），還假設她就是欣賞跟馬格完全不同類型——不是高大魁梧有自信那一類型的男生，她又怎麼會夢想與一個眾所皆知其父親為了外遇而拋家棄子的人，攜手共築未來？尤其主因還是這個兒子不值得做父親的為他留下來。

我不斷反芻這個念頭，在學生餐廳、在地理課上、在下午的休息時間，以及在回家的路上。回到家，我決定跟媽媽解釋她讓我陷入困境的嚴重性，但就在我用鑰匙扭開鎖孔的瞬間，我想到這麼做就是出賣伊凡；我媽隔天一定會打給校長，責怪她沒有保守祕密，而校長根本不需要經過一連串調查，就可以揪出流言傳出的源頭。一牽連到警衛，就會危及我們的友誼，而在這所新學校裡，我最需要的就是一個朋友。我才不在乎伊凡比我大了三十或四十歲，當我奇妙地偷了他的影子後，我發現他是一個值得信賴的人，我得另找方法來跟我媽攤牌。

我們看著電視吃晚餐，媽媽沒心情跟我聊天，自從爸爸走後，她幾乎不怎麼開口，彷彿每個字都太沉重，讓她無力發出音節。

睡覺前，我又想到伊凡在課休時間對我說過的話：隨著時間流逝，有時事情自然會迎刃而解。也許再過一陣子，媽媽就會再到房間來跟我道晚安，就像從前一樣。這一夜，就連掛在半敞窗戶上的窗簾也文風不動，萬物皆惧，不敢驚擾籠罩房子的整片寂靜，連藏身在幃幔褶溝裡的影子也不敢妄動。

大家可能以為我的人生歷程會因爸爸的離家而改變，其實並非如此。爸爸經常很晚下班，我早已習慣跟媽媽一起相依，共度晚間時光。雖然我很懷念全家一起騎腳踏車出遊的時光，但我很快就習慣用看卡通來取代這項娛樂，媽媽會在她看報時放任我看卡通。新生活、新習慣，我們會在街角的餐廳共吃一個漢堡，然後一起到商店街閒逛，通常這時商店都打烊了，但媽媽好像每次都不信邪。

在吃點心的時間，她總是向我提議邀請朋友來家裡玩，我聳聳肩，承諾會這麼做——等下次吧。

整個十月都在下雨，七葉樹落葉紛紛，鳥兒越來越少在光禿禿的枝枒上露面。很快地，鳥鳴聲悄然杳去，冬天，就姍姍而來了。

每天早上，我都等待著陽光出現，但一直等到十一月中，陽光才鑿破雲層射出來。

天空才剛轉為湛藍，自然科學老師就規劃了一次戶外教學課程，我們只剩下短短幾天可以採集製作像樣的植物標本。

一輛租來的遊覽車把我們載到小城外的森林旁，於是我們六年C班全體，勇敢迎戰腐植土和濕滑的土地，拾撿各種蔬菜、樹葉、蕈菇、野草以及會變色的苔蘚植物。馬格領頭行軍，儼然一副上士的模樣，班上的女生爭相裝腔作勢要吸引他的注意，但他的視線須臾不曾抽離伊麗莎白。她跟其他同學保持一段距離，假裝沒注意到，但我可沒被騙倒，我很沮喪地認知到，她正為此竊喜不已。

因為看到一株橡樹根部冒出了一朵鵝膏菌菇，菇頭長得很像卡通中藍色小精靈的帽子，我一時太過專注，回過神才發現已經遠遠被隊伍拋在後頭，一個人脫了隊。換句話說，我迷路了。我聽到老師在遠處喊叫我的名字，但我完全沒辦法判別他的聲音是從哪個方向傳來。

我試著重新歸隊，但很快就屈服於事實：要不是森林無邊無際，要不就是我一直在繞圈圈。我伸直了頭望向槭樹梢，太陽已經偏移，把我嚇得魂不附體。

顧不得自尊心，我用盡全力大叫，同學應該離我有很大一段距離，因為我的呼救聲沒有激起任何回響。我跌坐在橡樹根部，開始想念媽媽。要是我回不去了，誰能在晚上陪伴她？她會不會以為我和爸爸一樣離開她了？爸爸至少還先告知了她，但她鐵定無法原諒我就這樣拋下她，尤其在她最需要我的時刻。就算她每次逛超市都會忘記我的存在，就算她因為太難開口而很少與我交談，甚至就算她再也不到房間和我道晚安，我還是知道她一定會難過。天啊，我早該在對著這朵該死的菇胡思亂想前，先想到這些後果。要是再讓我找到它，我一定把它的帽子頭扭下來，狠狠揍一頓，誰叫它把我害得這麼慘。

「你在搞什麼鬼啊，白痴？」

這真是我開學以來頭一次這麼開心看到馬格的臉，他從兩株高大的蕨類中現身。

「自然老師快急瘋了，他已經準備要展開大規模搜索，我跟他說我一定會找到你。打獵時，我爸總是不停地說我天生只會找到劣等獵物，我終於相信他說對了。喂，快點啦，你真該看看自己的蠢樣，我確定我要是再等一會兒才出現，鐵定會看到你像個俗仔一樣掛著兩行眼淚！」

為了配合他絕美的台詞，馬格面向我蹲跪下來，太陽照在他的背上，在他頭上映出一圈光環，讓他看起來比平常更有威脅性。他的臉緊貼著我的，近得我可以聞到他口中的口香糖臭味，他站起來，拐了我一記。

「嘿，你要跟我走還是想留在這裡過夜？」

我一言不發地起身，走在他身後。

當他走遠時，我才發現事情不對勁：我身後的影子比平常足足高出了一公尺多，而馬格的影子卻變小了，小到我能由此推斷那就是我的影子。

要是馬格發現他救了我，我卻趁機偷了他的影子，那我賠上的可就不只一個學期，而是往後的學校生活都會毀於一旦，直到我十八歲考完試離開學校啊！不需要心算高手也能算出，這代表了多少個要活受罪的日子。

我立刻亦步亦趨地緊跟著他，打定主意要讓我們的影子再次交疊，寄望一切能像之前一樣回歸正常，回到爸爸還沒離家之前那樣正常。這一切毫無道理，怎麼可以這樣就把別人的影子占為己有呢！然而這已經是第二次發生了。馬格的影子疊在我的上面，可是，當他走遠時，他的影子還牢牢黏在我的腳下，我的心狂跳不已，兩條腿都軟了。

我們穿過林中空地，走向自然科學老師及同學們等候的方向。馬格將雙臂舉向天空，擺出勝利的姿式，他看起來就像個獵人，我則是他拖在身後的獵獲物。老師向我們比了一個大大的手勢，要我們走快點，遊覽車在等了。我感覺到我將因此受到嚴厲的斥責。同學盯著我們看，我從他們眼中看出了嘲弄和譏笑，至少今晚，他們又可以針對我父母的婚姻問題在家裡描述新的故事情節啦。

伊麗莎白已經上車，坐在跟來時同一個位子，正眼都不瞧窗外一下，我的失蹤應該沒讓她擔心吧。太陽又朝地平線滑移了些，我們的影子正一點一點拭去，終至不見。這樣也好，誰也沒注意到森林裡發生的事。

我爬上車，神情窘迫。自然科學老師問我怎麼走散了，還透露他被我嚇得臉色發青，但他似乎滿高興一切終於圓滿落幕，全班同學都在那裡了。我走向車尾，坐在後排的位子，整個回程路上一句話也沒說，反正，我也沒什麼好說的，我迷路了，就這樣，這種事就連高手都有可能遇到，我就曾在電視上看過一部描述資深登山客在高山失蹤的紀錄片，而我甚至從未自稱為資深健行者。

回到家，媽媽在客廳等我，她一把將我擁入懷中，緊緊抱住我，我都快喘不過氣來了。

「你走失了呵？」她撫摸著我的臉說。

她應該是隨時跟校長用對講機保持聯繫吧，否則我的新聞應該不可能傳播得那麼快。

我向媽媽解釋了我的不幸遭遇，她堅持我一定要泡個熱水澡，雖然我不斷重複我並不覺得冷，但她沒打算聽進去，彷彿泡熱水澡能洗去生活中所有打擊我們的煩惱憂愁：對她而言是爸爸的離去，對我則是馬格的到來。

在媽媽用不斷刺激我眼睛的洗髮精搓洗著我的頭髮時，我很想跟她聊我對於影子的困擾，但我知道她不會把這件事當真，可能還會怪我亂編故事。於是我決定閉嘴，一邊期盼著明天天氣變壞，影子就會被天空的灰幕遮蓋住。

晚餐時，我獲得吃烤牛肉及薯條的特權，我真應該常常在森林裡迷路的！

☘

早上七點，媽媽走進我房間。早餐已經準備好，我只要梳洗、著衣，並且馬上下樓——如果我不想上學遲到的話。事實上，我還真想上學遲到，最好根本不用去上學更好。媽媽大聲向我宣告今天天氣會非常好，好天氣讓她心情愉快。我一聽到她的腳步聲踏上樓梯，就立刻躲回被窩。我懇求我的腳，求它們不要再任意妄為，求它們不要再偷別人的影子，尤其一有機會就要把馬格的影子還給他。嘿，我當然知道一大清早跟自己的腳說話看起來頗奇怪，但請站在我的立場理解我所受的苦好嗎！

書包牢牢掛在背上，我一邊思考著我的難題，一邊快步走去學校。要不著痕跡的交換，我和馬格的影子就得再次重疊；這就表示我得找個藉口去接近馬格，並跟他談話。

學校的鐵柵欄就近在咫尺，我踏進校門時突然有了靈感。馬格正坐在長椅的椅背上，一群同學圍著他聽他高談闊論，班長候選人的登記作業是在今天下課後，他已經全面展開宣傳活動了。

我朝人群走去，馬格應該感應到我的存在，因為他轉過身，朝我投射一道不善的眼光。

「你想幹嘛？」

其他人也在等我回答。

「為昨天的事向你道謝。」我結結巴巴的說。

「哦，好啦，你謝過了，現在可以滾一邊去玩彈珠啦！」他回答我，其他同學則是不斷訕笑。

我突然感到有一股力量從背後升起，一股強大的推力，讓我不但沒聽令於他走開，反而向前朝他跨了幾步。

「還有什麼事？」他提高音量問我。

我發誓接下來的事完全不在意料之中，我壓根兒從沒預想過以下要說的話，但我卻用一種連自己都嚇到的堅定語氣說出：「我決定參選班長，我希望我們之間的帳能算得清清楚楚！」

現在這股力量又將我推往相反方向——朝川堂的方向，我被推著前進，像一個堅守崗位的士兵。

我身後沒有一絲聲音，我等著接受其他人的嘲笑，卻只有馬格的聲音打破沉默：「好，那就開戰囉，」他說，「你一定會後悔的。」

我沒回頭。

伊麗莎白沒有混在人群中。她迎面走來，我們擦肩而過時，她悄聲告訴我馬格非常火大，然後若無其事地走開，我推測我活不過下一節的課休時間。

然後課休時間到了，太陽直射操場，我看著同學開始打起籃球，然後突然發現腳下那令我擔憂畏懼的東西；我腳下的影子不只高大得不像我，也完全不像之前的樣子。天啊，再不消多久，這讓我驚慌的祕密就要被揭穿啦！出於謹慎，我又回到川堂，呂克——麵包師傅之子，放假時摔斷了一條腿，現在還上著夾板，他跟我比了個手勢，要我過去。我坐到他身邊。

「我過去真是小看你，你剛剛做的事實在太有膽量了。」

「這根本是自殺吧，」我回答。「而且我毫無勝算。」

「你要是想贏，就要改變心態。勝負尚未分明，想有勝算，就要有勝利者的意志，這是我爸說的。另外，我也不贊同你說的，我相信，在他們那群好哥兒們的表面下，反對他的一定不只一個人。」

「他？誰啊？」

「你的對手啊，不然你以為我在說誰？反正，你可以相信我，我會支持你的。」

這段不算什麼的小小談話，是我從開學以來經歷過最美好的事。不只因為這是個承諾，單純只因為我終於有了一個同齡的伙伴，足以讓我忘了其他不愉快：我和馬格的對抗、影子的問題，甚至有短短的片刻，我忘了爸爸已經離家，還想著要把這些事說給他聽。

星期三下午三點半是宣戰的時刻。候選人名單釘在秘書處的軟木公布欄上，把名字登記上名單以後——我當時注意到，馬格的名字下方只有我的名字——我走上回家的路，並向呂克提議先陪他回家，因為我們住在同一個街區。

我們肩並肩走在人行道上，我很害怕他會發現我們的影子有點不妥，因為我們的個子明明差不多高，我的影子卻拖得比他的長了許多。不過他完全沒注意我們的步伐，也許是因為夾板讓他有點難為情，同學們從開學那天起就叫他虎克船長。

經過麵包店附近，呂克問我想不想吃巧克力麵包，我說我的零用錢不夠買一個巧克力麵包，不過沒關係，我書包裡有一個媽媽準備的、塗了 Nutella 巧克力醬的三明治，跟巧克力麵包一樣好吃，而且我們還可以分著吃。呂克大笑，說他媽媽才不會付錢讓他買點心吃呢，然後他驕傲地指給我看麵包店的櫥窗，櫥窗玻璃上精巧的手繪了幾個字：「莎士比亞麵包店」。

看我一臉驚愕，他提醒我他爸爸是麵包師傅，而說巧不巧，「莎士比亞麵包店」正好就是他爸媽開的。

「你真的姓莎士比亞？」

「是啊，真的啦，不過跟哈姆雷特的爸爸沒有親屬關係啦，只是同義詞而已。」

「同名啦！」我糾正。

「隨便啦。好啦，我們去吃巧克力麵包？」

呂克推開店門。他媽媽長得圓滾滾的，好像一個圓圓的奶油麵包，而且一臉笑咪咪。她操著一口非在地的腔調歡迎我們，聲音聽起來像在唱歌，是那種一聽就會讓人心情愉悅的音調，一種讓你覺得受歡迎的說話方式。

她讓我們選擇要吃巧克力麵包或吃咖啡口味的閃電麵包。我們還來不及選好，她就決定讓我們兩種都吃。我有點不好意思，但呂克說反正他爸爸都會做很多備用麵包，當天晚上沒賣完也是全部貢獻垃圾桶，所以就別浪費吧。我們連餐前都沒禱告，就把巧克力麵包和閃電麵包吞下肚了。

呂克媽媽要他顧店，她去工作坊拿新出爐的麵包。

看到我同學坐在收銀檯後的高腳凳上，讓我感覺很滑稽。突然，我腦海中閃過我們老了二十歲的影像，穿著成人的服裝，他像個麵包師傅，我則是排隊中的顧客……

媽媽常說我的想像力過於活躍，我閉上雙眼，但說也奇怪，我看到自己走進這間麵包店，我蓄著小鬍子，提著公事包，也許我長大後會是個醫師或會計師；會計師也是拎公事包的。我走向陳列架，點了一個咖啡口味的閃電麵包，突然，我認出老同學來，我已多年不曾見過他，我們互相擁抱，共享一個咖啡口味的閃電麵包和一個巧克力麵包，一起回憶當年的美好時光。

我想是在店裡看到呂克扮演收銀員，才首次意識到我將會變老。我不知道這是什麼原因，但我頭一次發現，我一點都不想告別童年，一點都不想拋棄這副向來覺得太瘦小的軀殼。我自從偷了馬格的影子後，就變得很奇怪，現在產生的怪異現象大概是副作用在作祟吧，不過這個念頭並不能使我安心。

呂克媽媽從工作坊帶回一籃熱騰騰、看起來很好吃的小麵包。呂克告訴她一個客人都沒來，她聳聳肩嘆了口氣，把小麵包放到櫥窗展示架上，問我們有沒有作業要寫。因為答應過媽媽要在她回家前把作業寫完，於是我再次向呂克和他媽媽道謝，踏上回家的路。

在十字路口，我把巧克力醬三明治放在矮牆上，方便鳥兒來啄食，因為我已經吃飽了，而且不想惹媽媽生氣，讓她以為她做的點心不如莎士比亞太太做的好吃。

我身前的影子依舊拖得很長，我貼著牆壁小心前進，深怕會在半路上遇到同學。

一回到家，我就衝到花園去，想近距離研究這怪異的現象。爸爸說，人要學會克服恐懼、面對現實，才會成長，我正試著這麼做。

有人在鏡子前花上數小時，期望從中看到他人的倒影，我則花了整個下午跟我的新影子玩遊戲。出乎意料之外的是，我覺得好像轉世重生了，雖然只是投射在土裡的倒影，我卻頭一次覺得好像變成了另外一個人。當夕陽墜入丘陵，我感到有點孤單，甚至有點悲傷。

囫圇吞完晚餐後，我寫完了作業，媽媽看著她最愛的連續劇——她毅然決定碗盤可以晚點再洗，我因此得以在她沒發現下躲進閣樓。我打的主意是，頂樓高處有個大大的天窗，圓得跟滿月一樣，而今晚的月亮又特別圓，我得不惜一切代價，搞清楚發生在我身上的事。踩在別人影子上就把人家的影子帶走，這可不是件小事。既然媽媽常說我想像力太豐富，我就冷靜地來印證看看，而唯一能讓我真正冷靜的場所，就是閣樓。

那上面是專屬於我的世界。爸爸從來不涉足那裡，因為天花板太低，他常常撞到頭，接著就飆出一堆髒話，像是「該死的」、「他媽的」、「幹」之類的。有時這三個詞會混在同一句話裡。我啊，要是我敢說出其中的一個詞，我就完蛋了，大人總是有權力做很多小孩不能做的事。總而言之，自從我長大到可以爬進閣樓，爸爸都叫我替他進去，我也很高興能幫上忙。其實老實說，一開始，我有點害怕閣樓，因為裡面暗暗的，但不久後，情況就完全相反了，我超愛鑽進去，藏身在行李箱和老舊紙箱中間。

我在一個紙箱裡發現了一疊媽媽年輕時的照片。媽媽一直都很美，而照片中的她無疑更動人。除此之外，有一個紙箱裡裝的是爸媽結婚時的照片，諷刺的是當時他們滿臉相愛的神情。

看著照片中的他們，我不禁想問，到底發生了什麼事？他們的愛情怎能就這樣憑空消失？愛是何時離開的？又去了那裡？愛情，莫非像影子一樣，有人踩中了，就帶著離去？還是因為愛情跟影子一樣怕光，又或者，情況正好相反，沒有了光，愛情的影子就被拭去，最終黯然離去。我從相簿裡偷了一張照片，照片中爸爸牽著媽媽的手，站在市政府前的台階，媽媽的肚子渾圓，原來我也參與其中啊。一些我不認識的叔叔阿姨、表兄弟姐妹等圍著爸媽，大家看起來都很開心。也許有一天我也會結婚，新娘可能就是伊麗莎白，假如她同意的話，假如我能再長高幾公分，比如高個三十公分左右。

閣樓裡也有一些壞掉的玩具，都是一些經過我仔細研究，還是沒辦法完全弄懂是怎樣製造出來的玩具。總之，身處在爸媽的一堆舊物中，我彷彿置身另一個世界，一個為我量身打造的世界，而這個專屬於我的小天地，就建構在家裡的屋頂下。

我站得筆直面對天窗，看著月亮升起。月亮又圓又大，光芒照遍閣樓的每一塊木板，甚至連懸浮在空中的灰塵粒子都清晰可見，讓空間顯得寧靜安詳，這裡是如此靜謐。今晚，在媽媽回家前，我到爸爸從前的書桌上找尋所有跟影子相關的書籍，百科全書上的定義有點複雜，還好透過一些例證說明，我學到不少讓影子現形、移動及轉向的方法。我的計謀得等月亮升到中央時才能實行，我迫不及待地等待那個時刻，一邊祈禱月亮能在媽媽看完連續劇前升到最佳位置。

終於，等待已久的時刻來臨，就在我正前方，我看到我的影子沿著閣樓的木條延展。我清了清喉嚨，鼓足勇氣，以肯定到不行的語氣斷言：「你不是我的影子！」

我沒瘋，而且我承認當我聽到影子以耳語回答「我知道」時，我怕得要死。

一片死寂。口乾舌燥的我只好繼續：「你是馬格的影子，對吧？」

「沒錯。」影子在我耳邊呼氣。

當影子對我說話時，有點像腦中響起了音樂，雖然沒有音樂家在演奏，卻真實得像有一組隱形的弦樂隊在身邊演出一樣，兩者是同樣的效應。

「求求你，別告訴別人。」影子說。

「你在這裡幹嘛？為什麼選上我？」我擔心地問。

「我在逃亡，你不知道嗎？」

「你為什麼要逃亡？」

「你知道身為一個笨蛋的影子是什麼感覺嗎？根本是苦不堪言，我再也受不了了。我從小就覺得痛苦，越長大越受不了。其他影子，尤其是你的，都會嘲笑我，你真該知道你的影子有多幸運，真該知道你的影子對我有多盛氣凌人，這一切只因為你與眾不同。」

「我是個與眾不同的人？」

「忘掉我剛剛說的話。其他的影子一直說我們沒得選擇，終此一生只能成為一個人的影子，必須要那個人有所改變，我們才能提升。跟著馬格，我不會有什麼光榮的未來，這不用多講你也知道。你能想像當你站在他身旁，而我發現我可以就此甩掉他時，我有多驚訝嗎？你有一種非凡的能力，我根本想都沒想，這是我絕無僅有的逃亡機會。當然，我有點利用我的體型優勢，因為我是馬格的影子，我有好的託辭。我推開你的影子，占走它的位置。」

「那我的影子呢？你把它怎麼了？」

「你說呢？它得找到可以依附的東西啊，它跟著我的舊主人走了，現在應該很頭大吧。」

「你對我的影子耍的手段實在太卑鄙了，明天，我就把你還給馬格，再把我的影子接回來。」

「拜託你，讓我跟著你吧，我很想知道做為一個好人的影子是什麼感覺。」

「我是好人？」

「你能成為好人。」

「不，我不能留你，最後一定會被別人發現這其中有古怪。」

「人們連他人都不會關心了，更何況他人的影子……而且，我生來就懂得隱身暗處，只要靠著一點練習和一點默契，我們一定能成功的。」

「但你至少比我高大三倍耶。」

「現況會變，只是時間的問題。我承認在你長高前，你得低調一點，一旦你開始發育，我就能光明正大的帶領你啦。想想看，有一個高大的影子是多好的優勢啊，沒有我的話，你永遠也不會參選班長，你以為是誰給了你自信？」

「原來是你推我的？」

「不然還有誰？」影子坦承。

突然，我聽到媽媽的聲音，從閣樓下面的樓梯傳來，她問我在跟誰說話，我不假思索地回答我在跟我的影子對話。毫無疑問地，媽媽回說我最好去睡覺，別在那裡說蠢話。當你真心說正經事時，大人從來不會相信。

影子聳聳肩，我感覺到它理解我。我離開天窗，影子就消失了。

☘

這一夜，我做了一個非常奇怪的夢。我和爸爸去打獵，即使不喜歡打獵，我還是很高興能和爸爸在一起。我跟著他走，但他一直沒有回頭，我看不清楚他的臉。殺死動物的念頭沒有為我帶來一絲喜悅。他要我做先鋒，穿過無邊無際的田野，被陽光烤得焦黃的高大野草遍生，隨著風波動起伏，我沿途得不斷擊掌前進，把斑鳩嚇得飛起，好讓爸爸射殺。為了阻止這場屠殺，我盡可能緩慢前進。我任由一隻兔子從我兩腿間竄逃，爸爸怪我一無是處，只會趕出低劣的獵物。正是這句話讓我發現，在夢中，這個遠方的男子並不是我爸爸，而是馬格的爸爸。我竟然變成了我敵人的角色，而這一點也不好玩。

當然，我變得更高大，也比以往來得孔武有力，但我卻感覺到一股深沉的悲傷，就像被一股憂愁牢牢侵襲。

狩獵結束後，我們回到一間不是我家的房子。我坐在晚餐桌上，馬格的爸爸在看報紙，媽媽在看電視，沒有一個人開口說話。在我家，我們都會在餐桌上聊天，爸爸還在的時候，他會問我一天過得如何，而爸爸離家後，就換成媽媽問我。但馬格的父母完全不在乎他有沒有寫功課，我本來應該覺得這樣很讚，可是卻完全相反，我瞭解到這股突然的心酸所為何來：即使馬格是我的敵人，我依然為他、為籠罩這間房子的冷漠而難過。

☘

鬧鐘響時我正處於茫然狀態，我的呼吸急促，全身像發了一整天高燒般疼痛，但為著這一切只是一場惡夢而如釋重負。我打了一個大哆嗦，一切又回復正常。這天早上，光是置身在自己的房間就能讓我感到幸福。梳洗時，我想著該不該把這些際遇告訴媽媽，我很想跟她分享祕密，但我已經可以想像她的反應。

下樓到廚房，我第一件急著要做的事就是走到窗戶旁。天空灰濛濛的，地平線上完全看不出一絲天氣轉晴的徵兆，套句我爸每次因天候取消釣魚時說的話：天空灰得連做水手的白褲子都不夠。我衝向遙控器，打開電視。

媽媽不懂我為何突然對氣象大感興趣，我扯說我在準備一份關於全球暖化的報告，還懇請她不要一直打斷我，讓我聽氣象報告。女主播正宣告：一波強烈低氣壓帶來多雲的鋒面，將持續盤據幾天。如果太陽沒有趕快回來，我會超級無敵的沮喪，因為只要有這些雲層在，我就完全沒機會見到影子出現，當然就更不可能把馬格的影子還給他。我背上書包，牽腸掛肚的去上學。

☘

呂克把課休時間都花在長椅上，反正受限於夾板和枴杖，他也沒什麼事好做。我在他身旁坐下，他向我指指馬格，這個大笨蛋正忙著和全班同學握手，並裝出一副對女生群的討論很感興趣的模樣。

「嘿，扶我起來走走，我的腿都麻了。」

我扶著他，一起走了幾步。今天真是我的幸運日，正當我們走近馬格時，暗沉的天空突然鑿出一線光明，我立刻望向地面，真是一團混亂，所有的影子交錯，就像在開什麼「祕密會議」——我們剛從上一堂的歷史課學到這個字。馬格轉向我們，投來一道不歡迎的眼神，要我們自覺並不受歡迎進入他的領地。呂克聳聳肩。

「來吧，我得跟你談談，投票日快到了。」他拄著枴杖說。「我要提醒你，星期五就要選舉了，該是你做點事、打出知名度的時候了。」

呂克仿如大人口吻的話響起，看著他如此蹣跚、背部微駝，我頓時又陷入奇異的幻想，我再度看到我倆，比我上次看到在麵包店的影像更老，沒想到我們的友誼維持了一生啊。呂克幾乎禿光了髮，稀疏的前額一直延伸到髮頂，他長了皺紋、面容憔悴。還好讓我欣慰的是，他湛藍的雙眼依舊炯炯有神。

「你以後想做什麼？」我問他。

「我不知道，現在就該決定這些嗎？」

「沒有，不一定，哎呀，我也不知道啦。只是如果你現在就得選擇的話，你想做什麼呢？」

「我想，應該是繼承我爸媽的麵包店吧。」

「我指的是，如果你可以選擇其他職業呢？」

「我想跟查布洛先生一樣，當醫生，但我不認為有可能做到，媽媽總說要應天順時，麵包店的客源很快就不夠維持生計了，自從超市開始賣起麵包，我爸媽就很難收支兩平，所以囉，怎麼可能幫我付醫學院的學費啊！」

我知道呂克不會成為醫生，從我們一起共享巧克力麵包和咖啡口味的閃電麵包時，從我看到他坐在收銀機後方之後，就清楚知道這一點。呂克會留在小城，他的家庭永遠沒能力負擔他長年的學費。

但另一方面，這也是個好消息，代表他們家的麵包店在超市戰爭中存活了下來，只是他永遠不會成為醫生。我不想告訴他這些，我估計這會讓他難受，甚至可能讓他喪志，畢竟他在自然科學方面真的很有天分。於是我閉上嘴，守住這個祕密，畢竟當前我每踏出一步都得小心翼翼，還要顧著監看每一步步伐，即使天氣不好，一有破雲而出的微光時，我們就無蔽身之處。預知深愛的人的未來，其實並不一定快樂。

「那麼，你打算為這次選舉做些什麼？」

我腦中有另一個問題。

「呂克，如果你擁有猜透別人想法的能力，或是知道他們會發生什麼不幸的事，你會怎麼做？」

「你從哪裡生出這麼多想法啊？這種能力不存在啦。」

「我知道，但假如它存在呢？你會怎麼運用？」

「我不知道，這種能力感覺不太讚啊，我想我應該會害怕別人的厄運會波及到我吧。」

「你就只會這樣反應？只會害怕？」

「每個月月底，我爸媽為麵包店結帳時，我會看到他們擔憂的臉，但我什麼也不能做，這讓我很難過。所以啊，如果我能感受到所有人的不幸，那一定很恐怖。」

「但是，如果你能改變一些事呢？」

「哦，我想我會去做吧。喂，你的什麼鬼能力我根本沒興趣啦，我們回到這次選舉上，一起來動動腦籌劃一下吧。」

「呂克，如果你長大後當上這裡的市長，你會高興嗎？」

呂克背靠著學校的牆，喘了口氣，他定定地看著我，陰鬱的神情換成一臉大大的笑容。

「我想那應該會很棒，我爸媽一定很高興，而且我可以頒布一項法令：禁止超市販賣麵包。我應該也會禁止超市賣釣魚用具，因為我爸最好的朋友是在市場裡賣雜貨的，自從超市開始跟他競爭以後，他的生意也變差了。」

「你甚至還能立法全面廢除超市。」

「我當上市長的話，」呂克拍拍我的肩對我說，「就讓你當商務部長。」

當天稍晚，我一邊走回家一邊想著，我得問一下媽媽，市長能不能任命很多位部長，我很想當呂克的部長，但我對此仍有點疑惑。

走在通往教室的走廊上，我寄望著在課休時間的陽光乍現時，一切回歸正常，讓馬格的影子回歸它的主人，我也祈禱下次陽光出現時，我的影子會在我腳下出現。但與此同時，說來奇怪，我竟覺得這樣想有點懦弱。

當操場傳來一陣震耳欲聾的聲響時，數學課才剛開始。窗戶的玻璃立刻被震成碎片飛濺，老師大喊要我們趴在地上，根本不用等他喊第二遍，我們就全照做了。

隨之而來的是一片死寂，傑比老師第一個站起來，問我們有沒有人受傷，他看起來很驚恐。除了頭髮上沾了些玻璃碎片，以及兩個女生莫名奇妙哭了起來之外，一切看起來還好，另外就是窗戶好像被大砲轟過，書桌也一團亂。老師要我們趕快出去，命令我們排成一排。他最後一個離開教室，又衝到走廊上，站在我們前面。我不知道老師們是不是都受過同樣的訓練，但其他班也跟我們做同樣的動作。走廊上人山人海，下課鐘又響個不停，而操場的情景更令人大吃一驚，幾乎學校所有的窗戶都被震破了，一股黑煙從警衛工具間後方升起。

「我的上帝啊，是瓦斯爐！」傑比老師尖叫。

我是看不出這能跟上帝扯上什麼關係啦，除非當時祂正好需要一隻大打火機，然後使用的時候有點突槌。聽大家講了那麼多抽菸的事以後，我也不太能想像上帝為什麼會想要點一根菸，算了，我們也不會知道，也許上帝的肺什麼都不怕，因為祂已經在天上了。但的確，黑煙確實往祂那邊飛去，不過這應該只是個巧合。

校長完全失控，她第三次命令老師點名，又不斷在原地打轉，一邊重複著：「你們確定學生全都在這裡了？」然後，她突然想到一個人名，她大叫：「馬帝，小馬帝呢，他在哪裡？哦哦，他在這裡！」然後她又想到另一個……幸好她沒有想到我，我一點都不想聽到別人叫我「小……」，特別現在是選班長的緊張時刻。

爆炸現場一片混亂，聽得到火花的劈啪聲響，火焰從警衛工具間後方越竄越高，甚至看得到煙影在屋頂上舞動。我看到伊凡的影子在我前方，彷彿是來找我的。我看著它向前走，我知道它要找的人正是我，我完全感受到它的心思。校長和老師們都忙著重算學生人數，沒空理我，於是我朝工具間——也就是影子指引的方向走去。

警笛的聲音從遠方呼嘯而來，但聽起來距離還很遙遠，伊凡的影子一直引導著我，我走向衝天的黑煙中，熱氣漸增，越來越難前進，但我必須走過去，因為我明白影子為什麼來找我了。

火焰開始舔上屋頂時，我剛好走到工具間，我很害怕，但依然堅持前進。突然，我聽到雪佛太太喊叫我的名字，她追在我身後。她跑得不快啊，雪佛太太。她尖叫著要我立刻掉頭，我想遵命，但沒辦法，我得繼續朝影子告訴我的地方前進。

走到工具間前，溫度已經高到讓人受不了，當雪佛太太抓住我的肩膀，把我往後拉時，我正要扭開門把。她朝我投來一記燒得死人的憤怒眼神，這也可想而知啦，但我的雙腳仍穩穩地站著沒動，我不肯後退。我緊盯著這扇門，視線片刻不移。雪佛太太抓住我的手臂，開始大罵，但我成功掙脫，立刻再度衝向工具間。接著我感覺到她又接近我身後，我突然衝口而出對她說出我心底的話：「我們得救救警衛，他不在操場上，他在工具間裡，快被悶死了。」

雪佛太太聽到我的話，嚇得快喘不過氣來，她命令我後退，接著做了一件讓我吃驚的事：雪佛太太是瘦小型的女生，跟呂克的媽媽完全不同，但是，她卻提起腳朝門踹了過去，門鎖在她腿骨的魅力下毫無招架之力。雪佛太太單槍匹馬走進工具間，兩分鐘後，她就出來了，而且還拖著伊凡的肩膀，把他拉出了工具間。我當然也幫了她一點忙，直到體育老師趕來扶住她，校長則一把抓住我的褲頭，把我拉到川堂去。

消防隊來了，他們撲滅了火災，又跟我們保證了伊凡的安危後，把他送到醫院去。

校長真的很奇怪，她不停地罵我，但又抱著我哭，說我救了伊凡，還說當時除了我以外，竟然沒有人想到伊凡，她很自責……總而言之，她很難決定該做出什麼反應。

消防隊長來看我，就只有看我喔！他要我咳嗽，看了我的眼瞼和口腔，還把我從頭到腳檢查了一遍。然後，他拍了我的背一記，跟我說如果我長大以後想加入消防隊的話，他會很高興把我編入他的小隊。

我發現媽媽不是唯一一個用對講機隨時跟校長保持聯繫的人，因為我看到操場上湧入了一堆家長，大家都擔心極了。

學校停課，我們紛紛回家。

隔週的星期五，我獲得全班一致支持，選上班長，只少了一票，蠢蛋馬格把票投給了自己。

我再見到呂克，已是投票結果出爐後，他什麼都沒說，只是高興地微笑。他早上才剛拆夾板，他秀給我看剛痊癒的腿，比另一隻瘦了許多。

瓦斯爐爆炸事件八天後，伊凡重回學校，他看來很正常，除了額頭纏了一圈綳帶，讓他看起來像海盜，但這還滿適合他的，讓他看起來好像多了一種以往所欠缺的個人特質。我不知道該不該跟他說，也許等某天有機會時，我再告訴他關於海盜造型的事吧。

午餐時間，我比其他人更早離開學生餐廳，我不太餓。伊凡在操場盡頭，看著爆炸過後僅存的工具間，也就幾乎是廢墟一片了。他彎向廢墟，小心翼翼抬起一支支燒焦的糾結木頭。我走向他，他沒回頭，只對我說：「別靠近，很危險，你可能會受傷。」

雖然不覺得危險，但我不想反駁他。我停在他身後一段距離，他明知道我在，但一開始還裝作若無其事的樣子。我想著他剛剛究竟在找什麼，這團廢墟中哪還有什麼東西好搶救的啊。過了一會，他摸出一個已經燒焦的長方形東西，把它放在膝蓋上，整個身體開始顫抖。我知道他在哭，我的心情跟工具間的木頭一樣焦黑沉重。

「我跟你說過別待在那裡！」

我沒動，他看起來如此絕望，他一定不是真心要吼我離開的，我不能留他一個人在這裡。能看穿對方跟你說違心之論，這才是朋友，不是嗎？

伊凡轉向我，眼睛紅紅的，淚水從他臉頰滑落，像墨水滴入濕透的圖畫紙般暈開。他手裡拿著一本燒焦的舊筆記本。

「我整個人生都在這裡面，照片、我媽媽唯一給我寫過的信，和其他關於我媽媽的回憶，全都貼在裡面，但現在只剩灰燼。」

伊凡試著翻開封面，但書頁卻在他的指間化成碎屑。我跟自己說還好我有留下來陪他。

「你的頭沒有被燒壞啊，你的記憶沒有消失，只要你記得。我們可以重抄你媽媽的信，也許還能把那些照片畫出來。」

伊凡笑了，我看不出有什麼好笑的，但是算了，我很開心他看起來沒那麼難過了。

「我知道是你來示警的，」他直起身子跟我說，「瓦斯爐爆炸的時候，我急著在工具間搶救能搶救的東西，那時還沒有火焰，只有厚厚的黑煙到處蔓延，我在這個地獄裡撐不到五分鐘，眼睛刺得完全沒辦法睜開。我找不到門把又吸不到空氣，我很驚慌，沒辦法呼吸，就失去意識了。」

這是我第一次聽到有人描述親身經歷火災的情形，感覺深刻得好像歷歷在目。

「你怎麼知道我當時在裡面？」伊凡問我。

他的眼神如此悲傷，我不想欺騙他。

「你的筆記本真的那麼重要嗎？」

「當然，它可是我的命。我欠你一句感謝和很多抱歉，上次在長椅上，你談到我爸時，我以為你是來打探我的私事。我從未跟任何人談起我的童年。」

「我根本不知道你筆記本的事。」

「你沒有回答我的問題，你怎麼知道我當時正在工具間裡差點悶死？」

我到底該怎麼回答他？說他的影子來找我？說他的影子在一團混亂中，混進操場的影子群中，就為了來找我？說我看到他的影子在火焰的亮光下對我比手畫腳，求我跟它走？哪一個大人會相信我的鬼話？

在我上一個學校，有個同學就因為說了實話，被抓去看了一年的心理醫師。每個星期三下午，當我們在玩排球或游泳時，他則「待在候診室裡，和一個只會微笑說『嗯——嗯——』的老女人，玩著『告訴你我的人生故事』遊戲，整整一個小時」。這一切只因為某個星期六的午餐時間，他爺爺在他面前倒下睡覺，從此再也沒從午睡中醒來。為了表示歉意，我同學的爺爺夜裡來看他，並跟他繼續聊當天在廚房因為爺爺突然想午睡而中斷的話題。隔天早上，當他跟大家說他整晚都看到爺爺時，沒有人願意相信他，所有的大人都驚愕地看著他。所以大家可以想想，要是我把關於影子的小小困擾說出來的話，我會被怎樣對待：很可能就在招供認罪後，被判去看心理醫生，然後還會被迫扛下所有罪名，甚至得跟伊凡說我早就看過他的筆記本，並且還從中背熟了幾段。

伊凡一直看著我，我偷偷瞥了一眼校鐘，離上課鐘響還有二十多分鐘。

「我那天沒在操場上看到你，我很擔心你。」

伊凡一言不發地看著我，他咳了咳，然後走近我，低聲跟我咬耳朵：「我能跟你說一個祕密嗎？」

我點點頭。

「如果有一天，你心底藏著一些事，一些你沒有勇氣說出來的事，記住，你可以信任我跟我說，我不會出賣你。現在，快去跟同學玩吧。」

我差點就要全部招供了，我好想找個大人傾訴，減輕一些負擔，而且伊凡又是個可信賴的人。我決定今晚睡前好好考慮他的提議，要是一早醒來我依然覺得可行的話，或者我就會跟他說實話。

我離開去找呂克，從他腳傷痊癒後，這是他第一次打籃球，但他的技巧看來還沒恢復，他需要一個隊友。

☘

瓦斯爐爆炸後，天空沒有一天放晴。學校的窗戶已經全部換過玻璃，但教室裡還是冷得要命，大家連在室內都穿著大衣。雪佛太太戴著一頂小圓帽上課，這讓英文課更有趣了，因為她每次一開口，帽子上的小圓絨球就會跟著晃動。為了不要笑場，我和呂克都要努力忍著不笑出聲音。畢竟要等到保險公司終於弄清楚事情的經過，再撥給校長一筆錢去買全新的瓦斯爐，冬天大概也過完了。不過，只要雪佛太太繼續戴著絨球小圓帽，我們就滿足了。

馬格和我之間的氣氛同樣很僵。每次老師派我去秘書處拿資料（因為這是班長的任務），我就感覺到背上射入兩道冷箭。自從夢中去過他家後，我就不再恨他，對他的捉弄也不生氣了。媽媽說這個周六早上，爸爸會來接我，我們可以共度一整天。我為此感到高興，儘管有點擔心媽媽，我不停想著她一個人會不會無聊，我因為要拋下她而有點罪惡感。

我發現媽媽應該也能讀出別人的擔憂，至少她懂我。當天晚上，她在我關燈睡覺時走進我的房間，她坐在我床上，鉅細靡遺地跟我說，她會在我跟爸爸出去時做些什麼事；她會趁我不在時到美容院剪頭髮。讓我覺得好奇的是，她說到要去美容院時，露出一臉很高興的樣子，但對我而言，去美容院根本就是種折磨啊。

我現在確定的是，越接近星期六，我就越難專心寫作業，我不停想著爸爸和我在一起時，我們會做些什麼事，也許他會帶我去吃披薩，就像我們還住在一起時那樣。我得冷靜一點，今天才星期四，可不是被老師處罰的時機。

星期五整天，每小時好像比平常多添了好多分鐘，就像過冬令時間，白天多了一小時一樣。這個星期五，每過六十分鐘我們就多過了一次冬令時間。黑板上時鐘的指針走得非常慢，慢到我確定上帝在騙我們，慢到我確定早上的下課鐘打錯了，它打的應該是下午的下課鐘才對。毫無疑問，我們都被騙了。

☘

我做完功課（媽媽可以作證）、刷完牙，比平常早了一小時上床，雖然我知道很難睡著，但我希望隔天能有好精神。我還是睡著了，不過比平常早了一小時醒來。

我踮著腳尖下床、梳洗、悄悄下樓為媽媽準備早餐，為了跟她致歉今天把她一個人留在家裡，然後再上樓換衣服。我穿了一件法蘭絨長褲和白襯衫，這件襯衫我之前去我同學爺爺葬禮時穿過，他爺爺現在可以安靜地睡午覺而不被打擾了，墓園真的很安靜。

我從去年開始長高了幾公分，不多，但褲子的長度只到我的襪子。我試著打上爸爸送我的領帶，我「人生的第一條領帶」，就像爸爸送我領帶那天所說的。我不會打領結，所以就像裹圍巾一樣纏了幾圈，反正心意最重要，而且這讓我看起來有詩人的味道，我在法文課本上看過一張波特萊爾的照片，他也不太會打領帶，可是女生還是盲目地迷戀他。我的上衣有點緊，但很高雅，我真想跟爸爸到市集廣場散步，說不定有機會能巧遇正好和她媽媽去採買的伊麗莎白。

我對著爸媽浴室裡的鏡子看了又看，然後下樓到客廳等待。

我們沒有去市集廣場，爸爸沒來。他中午打電話來道歉，他是跟媽媽道歉的，因為我不想跟他講話。媽媽看起來比我還傷心，她提議我們去餐廳吃飯，就我們兩個，但我不餓。我把衣服換下，把領帶放回衣櫃，希望自己接下來的幾個月不要長得太快，這樣的話，爸爸來接我時，我的漂亮衣服還是可以穿得下。

整個星期天都在下雨，我和媽媽在家裡玩遊戲，但我沒有心想要贏，所以輸個不停。

☘

星期一，我沒有在學生餐廳吃午餐，我討厭吃小牛肉和碗豆，而星期一正好是這兩道菜。我離家前偷偷做了一個巧克力醬三明治，就在學校的七葉樹下吃起來。伊凡正忙著用手推車清運他舊工具間的瓦礫，他走向操場盡頭的大垃圾桶，把他僅存的回憶堆在那裡。看到我坐在長椅上，他走過來跟我打招呼。我沒有拒絕他的陪伴，兩天來我都覺得孤單，有他陪我沒什麼不好。我把三明治分成兩份，請他吃一份。我本來以為他會拒絕，但他胃口很好的吃了起來。

「你看起來沒有專心吃午餐喔，你怎麼了？」

「我家裡也有很多照片，都藏在閣樓裡，如果我把照片帶來，你能不能幫我做成紀念冊？」

「你幹嘛不自己做？」

「我的植物標本作業只拿了二十分，我不太會做拼貼。」

伊凡笑了，他說我現在就做紀念冊未免太早了，我回答他主要是一些我出生前爸媽的老照片，就定義來說，我也沒辦法「紀念」什麼，所以想做成一本照片簿，來加深對爸媽的認識，尤其是對我爸爸。伊凡靜靜看著我，就像每次媽媽想看穿是不是有什麼地方不妥一樣。過了一會兒，他對我說，其實最棒的回憶就在當下，在眼前，而且這會是人生最美好的時光。

大人都說當小孩是最美好的事。但我敢說在某些日子，例如上個星期六，當小孩真是討厭極了。

當地人都說，這裡的冬天糟透了，既灰黯又寒冷，整整三個月，沒有一天放晴。我向來同意他們的觀點，但是，當第一道陽光威脅著要陷人於難時，我們就會狂戀這個冬季嚴寒的地方，問題是，春天總是毫不遲疑地來報到。

☘

三月的最後幾天，大清早天空就已萬里無雲。我走在上學的路上，超級好運的是，我身前的影子看來跟我的身形很像。

我停在麵包店前，呂克和我總在那裡相見。他媽媽在櫥窗後跟我道早安，我也立刻回應她，並趁著呂克還沒出來前，仔細研究人行道上的東西。沒錯，我找回我的影子了。我甚至認出出門前，媽媽執意要壓平的額頭髮絡，她說我頭上長了麥穗，就跟爸爸一樣。也許正因如此，她每天早上都對它們很感興趣。

找回自己的影子實在是個天大的好消息，現在的問題是要加倍小心，不要再把它搞丟，尤其不能借給別人。呂克的話可能有些道理，別人的不幸會傳染，我整個冬天都過得很悲慘。

「你還要看你的腳看多久啊？」呂克問我。

我沒聽到他來了。他拉著我走，朝我肩上捶了一拳：「快點啦你，我們快遲到了。」

春天來了，怪事發生了。一些女同學換了髮型，我以前從來沒注意到，但是一看到操場中的伊麗莎白，一切就變得好明顯。

她把馬尾放下，長髮及肩，讓她看起來更美，我卻不明就裡悲傷起來，也許因為我猜到她永遠不會把眼光放在我身上。我贏得了班長位置，馬格卻贏走了伊麗莎白的心，而我竟然毫無所覺。我太忙於煩惱那些關於影子的蠢事，完全沒看到現實生活發生了什麼事，而坐在教室第一排的我，也完全沒聽到他們背著我結成了同謀。我沒發現伊麗莎白的小詭計：她每周一有機會就往後坐一排，她先跟安娜換位子，再跟柔伊，直到達成她的目標，完全沒人發現她的陰謀。

就在春天的第一天，在操場中，我看到她披著美麗及肩的秀髮，用湛藍的雙眸看著馬格在籃球場上大顯神威。頓時，我全明白了。不久後，我看到他握著她的手，我緊緊握拳，指甲在掌心留下深深淺淺的印記。然而，看到他們如此幸福，又讓我有種奇怪的感覺，彷彿一股悸動湧上胸口。我想愛情也許就是這樣，既悲傷又淒美。

伊凡走來，和我一起坐在長椅上。

「你一個人孤零零在這裡做什麼？為什麼不去跟同學玩？」

「我在思索。」

「思索什麼？」

「思索愛情有什麼用？」

「我不確定我是不是最有資格回答你這個問題的人。」

「沒關係，我想我也不是最有資格問這個問題的男孩。」

「你戀愛了？」

「都結束了，我的真命天女愛上了別人。」

伊凡咬著唇強忍笑意，這動作惹惱了我。我想起身，他拉住我的手，強迫我坐下。

「別走，我們的談話還沒結束。」

「你還想聊什麼？」

「聊你的她啊，不然你還想聊誰？」

「這場仗從一開始就輸定了，我早就知道，但是我還是沒辦法阻止自己愛上她。」

「她是誰？」

「就是那個跟肌肉男牽著手的人，喏，就在那邊，籃球場旁邊。」

伊凡看著伊麗莎白，點了點頭。

「我懂了，她很漂亮。」

「我太矮，配不上她。」

「這跟你的身高無關。看到她跟馬格在一起，你心痛嗎？」

「你說哩？」

「也許應該說，『真命天女』指的是會讓你幸福的人，對吧？」

我沒有從這個角度看待過這件事。當然啦，說是這樣說，還有待思考。

「所以囉，也許你的真命天女不是她？」

「也許……吧。」我嘆了口氣回答伊凡。

「你有沒有想過，把所有想要的東西列成一張願望清單？」伊凡問我。

我很久以前就開始列這張清單了，在我還相信聖誕老公公的年紀。每年的十二月二十二號，我都會寄出願望清單，爸爸會陪我走到街角的郵筒，把我舉起來，讓我投信。我早該猜到這是一場騙局，我既沒寫地址也沒貼郵票；我也早該想到有一天爸爸會離開我們。人一旦開始撒了一個謊，就再也不知道如何停止。是的，我從六歲開始擬願望清單，每一年都補充及修訂這張清單：當消防員、獸醫、太空人、海軍艦長、商人、麵包師傅（為了想跟呂克家一樣幸福），我曾經想要這一切。想要一台電動火車、一架飛機模型；想跟爸爸週六去吃披薩，想過成功的人生，想帶著媽媽遠離我們居住的城市，想送媽媽一幢美麗的房子讓她安享晚年，讓她再也不用工作，再也不用每天晚上疲累地回家；我還想從媽媽臉上抹去她眼底偶現的憂傷，就像被馬格的一記重拳擊中胃部一樣，她的憂愁讓我肚子絞痛。

「我，」伊凡再度開口，「我想要你幫我做件事，一件會讓我快樂起來的事。」

我看著他，等著他告訴我，有什麼事能讓他那麼快樂。

「你能不能幫我寫一張清單？」

「什麼樣的清單？」

「一張列出所有你絕對不會想做的事的清單。」

「像是？」

「我不知道，想想看嘛。你最討厭大人做什麼事？」

「我討厭他們每次都說，『等你長到我這個年紀時，你就會瞭解了！』」

「那就在清單上寫下你長成大人後絕對不希望說出的話：『等你長到我這個年紀時，你就會瞭解了！』你還有想到其他的事嗎？」

「跟兒子說星期六要帶他去吃披薩，卻沒有遵守諾言。」

「那在清單上加上：『不遵守對兒子的承諾。』你現在明白了吧？」

「應該吧，我想。」

「清單寫完後，把它背起來。」

「背清單做什麼？」

「為了熟記起來！」

伊凡邊說邊給了我一記心照不宣的一肘。我答應盡可能寫好這份清單，並且拿來給伊凡看，以便一起討論。

「你知道，」我起身時他加上一句，「你跟伊麗莎白的事，說不定沒有全盤皆輸喔。一段美麗的邂逅，有時是時間問題，兩個人得在對的時間相遇。」

我拋下伊凡，走回教室。

當天晚上在我的房裡，我拿了一張從數學練習本上撕下的白紙，一等到媽媽去收拾廚房，就開始著手寫下新的清單。睡覺時，我一邊想著跟伊凡的對話，關於伊麗莎白和我，我相信，今年不是一個對的時間點。

☘

開學以來，我就不斷反問自己許多問題。人的年紀越長，就對許多事情產生疑問。對伊麗莎白的事，我找到了滿意的解釋，但是關於影子和我的關係，我仍是一無所知；這種事為什麼會發生在我身上？我是不是唯一一個能跟影子交談的人？如果我只要一跟別人擦肩而過事情就會重演，我又該怎麼辦？

每天早上上學前，我都會再三確認氣象。為了騙過家人，我自告奮勇向自然科學老師提議，要做一個關於全球暖化的報告，老師馬上就同意了。媽媽還決定要助我一臂之力，只要報紙上一有生態方面的文章，她就會剪下來，每天晚上，她會唸這些文章給我聽，然後我們一起把文章剪貼到有螺旋圖案的大筆記本裡。說到這本筆記本，媽媽差點就要在超市亂買，還好我先逼她去教堂廣場的一家文具店買。氣象女主播宣布，本周末會出現滿月，大約在星期六或星期天晚上。

這項資訊讓我陷入沉思，套一句我朋友呂克可能會說的話（如果他跟哈姆雷特的爸爸有親屬關係的話）：行動或不行動。

自從天氣開始轉好以後，我就非常小心。每次操場上烈日當空時，我絕不會停留在單一同學身邊太久。

同一時間，我感覺到周遭起了一些重大變化。上帝讓學校的瓦斯爐爆炸，說不定是要給我啟示，像是要說：「嘿，我還盯著你呢，難道你以為我給了你這點小能力，是要讓你裝作什麼事也沒發生過一樣嗎！」

這個星期四，伊凡到我喜歡坐著沉思的長椅找我時，我再度想起這一切。

「嘿，你的紀念簿有進展嗎？」

「我最近沒什麼時間，我在做一個報告。」

伊凡的影子就在我影子的旁邊。

「我做了你上次建議我的事。」

我根本不記得我建議過伊凡做什麼事。

「我重抄了我媽寫給我的信，就我記得的部分，不一定字字正確，但我重現了大致的意思。你知道嗎，這真的是個好主意。雖然已經不是她的筆跡，但我重讀時，還是能從信中找回同樣的感動。」

「冒昧問一下，你媽媽在信裡跟你說了什麼？」

伊凡停頓了幾秒鐘才回答我，他喃喃地說：「她說她愛我。」

「是喔，那重抄起來應該滿快的。」

因為他話說得太小聲了，我靠近他，就在此時，在我毫不察覺下，我們的影子交疊在一起，而我看到的影像讓我嚇呆了。

伊凡媽媽的信從來不曾存在。工具間裡那本被火燒毀的紀念簿中，只有他寫給她的信。伊凡的媽媽在生他時過世了，早在他會認字前就死了。

淚水湧上我的眼睛，不是因為他媽媽的早逝，而是因為他所說的謊話。

想想看，要捏造未曾謀面的媽媽寫的信，他的心裡隱藏著多少悲傷啊。媽媽的存在就像一口深不見底的井，一口無法被填滿的悲傷之井，而伊凡只能以杜撰出來的信，為這口井封上蓋子。

是他的影子在我耳邊吐露這一切。

我假裝說還有一個作業沒寫完，我道了歉，保證下一節下課時會再回來，然後跑著離開。一走到川堂，我就覺得自己好沒用，整堂雪佛太太的課上我都覺得很羞愧，但我沒有勇氣再回去見我的警衛朋友，無法履行我對他的承諾。

☘

回到家，媽媽宣稱今晚電視上會上映一部關於砍伐亞馬遜森林的紀錄片，她已經準備了餐盒，我們可以坐在客廳沙發上分著吃。媽媽讓我坐在電視正前方，還幫我拿了紙和筆，然後坐到我身邊。許多動物被迫遷徙或滅亡，只因為人類愛錢愛到失去理智，真的很恐怖！

就在我們無力地參與著巴西樹獺（一種我覺得很像同類、很親切的動物）的屠殺時，媽媽把雞肉切開。紀錄片看到一半，我瞥了這隻雞的骨骼一眼，暗暗立誓一有機會要成為素食者。

主持人解釋「蒸騰作用」的原理，滿簡單的東西，就是大地在大樹底下呼吸，有點像我們的毛孔，然後地球的汗水蒸發，上升後形成雲，雲層夠厚就下雨，雨水再為大樹的生長及繁殖提供必要的水分。必須認知到的是，這個系統整體而言考量得很完善。但顯而易見的是，如果我們繼續把地球剃到光溜溜什麼也不剩，就像一顆光滑的蛋一樣，地球就不再流汗，也就再也沒有雲。想想看，一個沒有雲的世界會有什麼後果，尤其對我來說！生命有時就是會跟你開玩笑，我為了找藉口，編造了這個關於全球暖化的報告，卻沒預想到這個主題會觸動我如此之深。

媽媽睡著了，我把電視音量調高了一點，測試她有沒有睡熟，她果然睡得很沉。看來她又過了精疲力竭的一天，看到她這樣讓我很於心不忍，就更沒有理由吵醒她了。我把音量調低，悄悄上了閣樓，月亮很快就升上天窗中央。

依照上次經驗生效的程序，我站得很挺，背對窗戶，雙拳緊握。我的心跳每分鐘達到一百一十，直接反應了我的害怕程度。

十點整，影子現身了。一開始的身形很淡，大概只比用鉛筆在閣樓木板上畫出的印子稍深一點，然後越來越清楚。我嚇呆了，雖然很想做點什麼，但我連手指頭都動不了。按理說，我的影子應該也動彈不得才對，但它卻舉起了手，可是我的兩隻手依舊緊貼著我的身軀。影子歪了歪頭，向右，向左，再轉向側邊，大概和我一樣對發生的事情感到驚訝，它朝我吐了吐舌頭。

沒錯，人真的可以既害怕又同時笑出來，這兩者並不衝突。影子在我面前伸展四肢，又在紙箱上變形，鑽進行李箱間，一手往上搭在一個盒子上，完全就像靠在盒子上一樣。

「你是誰的影子？」我結結巴巴地說。

「你以為我會是誰的？我當然是你的，我是你的影子。」

「那你證明啊！」

「打開這個盒子，你自己看吧。我有個小禮物送你。」

我前進了幾步，影子散開了。

「不是上面這個，你已經打開過了。拿下面那個盒子。」

我遵照指令，把第一個盒子放在地上，打開第二個盒子的蓋子。盒子裡裝滿了我之前從來沒見過的照片，是一些我出生時的照片，我看起來就像顆乾枯的醋漬大黃瓜，只是長得沒那麼綠又多了雙眼睛。我看起來沒有比較好啊，而且我也不覺得這份特別的禮物有多有趣。

「再看看接下來的照片！」影子堅持。

爸爸把我抱在懷裡，眼睛看著我，露出我從沒見過的笑容。我走近天窗，想看清楚爸爸的臉，他的眼中綻放著和婚禮那天同樣的光彩。

「你看，」影子低聲說，「他從你誕生的第一刻就愛上你了，他也許從未找到恰當的字眼來跟你形容這一切，但是這張照片已經吐露了所有你想聽到的美好話語。」

我繼續看著照片，看到自己躺在爸爸的臂彎裡讓我覺得有點滑稽，我把照片收進睡衣外套的口袋，要把它帶在身上。

「現在坐下來，我們得談談。」影子說。

我盤腿坐在地上，影子維持同樣的姿式，面對著我。我一時錯覺以為它是背對著我，但這只是月光的反射效果罷了。

「你有一種特殊的能力，你必須接受並使用它，即使那讓你害怕。」

「我要拿來做什麼用？」

「你很高興能看到這張照片，不是嗎？」

我不知道「高興」是不是一個確切的詞，但是這張爸爸把我抱在懷裡的照片讓我安心許多。我聳聳肩，告訴自己，如果爸爸從離家後就音訊全無，是因為他除此之外別無他法，這麼深刻的愛不可能在幾個月內就消失，他對我的愛一定還在。

「正是如此，」影子接著說，彷彿已讀出我的心思。「為每一個你所偷來的影子找到點亮生命的小小光芒，為它們找回隱匿的記憶拼圖，這便是我們對你的全部請託。」

「我們？」

「我們，影子們。」與我對話的影子幽幽地說。

「你真的是我的影子？」我問。

「我是你的，是伊凡的，是呂克的或是馬格的，這都不重要，就當我是班上的代表吧。」

我笑了，我完全明白它在說什麼。

一隻手突然拍在我肩上，我嚇得大叫一聲，轉過身卻看到媽媽的臉。

「你在跟你的影子說話嗎？親愛的。」

有片刻時間，我真的希望媽媽明白了一切，希望她能為在我身上發生的事作證，但她用憐憫又抱歉的表情看著我，我因此斷定她不會懂，她不過是聽到我在閣樓自言自語。看來這次我真的得去看心理醫生了。

媽媽把我擁入懷裡，緊緊抱著我。

「你真的覺得這麼孤單？」她問我。

「沒有，我跟妳發誓沒有，」我回答，想讓她放心，「這只是個遊戲。」

媽媽蹲跪著走向天窗，把臉貼在窗戶上。

「這裡的視野真美，我很久沒有爬上閣樓了。過來，坐在我身邊，告訴我你和影子聊了些什麼。」

媽媽轉向我時，我看到她的影子，孤零零的在我身邊。於是，這次換我抱住媽媽，給她我所有的愛。

「他離家不是因為你，親愛的，他愛上了另一個女人……而我，我震驚又失落。」

全世界沒有一個孩子會想聽到媽媽做這樣的告白，這些句子不是媽媽說的，是她的影子在閣樓告訴我的。我想媽媽的影子跟我說這個祕密，是為了讓我不再對爸爸的離開感到自責。

我明白了這個訊息和影子對我的期待，現在，已經不是想像力豐不豐富的問題，媽媽也不斷跟我重複這一點，我什麼也不缺。我靠向媽媽，請她幫我一個小忙。

「妳可不可以寫封信給我？」

「寫信？什麼樣的信？」媽媽回答。

「想像我還在妳的肚子裡，妳想對我說妳愛我，可是我們還不能交談，那妳會怎麼做？」

「可是我懷著你時，已經不停地跟你說我愛你啦。」

「沒錯，可是我聽不到妳說的話啊。」

「聽說孩子在媽媽的肚子裡聽得到所有的話。」

「我不知道是誰告訴妳的，總之，我什麼都不記得。」

媽媽奇怪地看著我：「你到底想幹嘛？」

「就當作妳想對我述說所有妳對我的感覺，為了讓我記住一切，妳於是動念寫信給我。比如說，妳給剛出生的我寫封信，寫下妳對我的眾多期待，在信中，妳會給長大後的我兩、三個關於快樂的建議。」

「那這封信，你要我現在就寫嗎？」

「沒錯，正是如此，但妳要回溯到我還在妳肚子裡的媽媽角色。妳懷著我時就已經幫我取好名字了嗎？」

「沒有，我們不知道你是女生或男生，我們是在你出生當天才取的。」

「那就寫一封沒有稱謂的信，這樣更真實。」

「你是從哪裡生出這些念頭的啊？」媽媽問，親了親我。

「從我的想像力啊！好啦，妳要不要寫嘛？」

「好——我會寫這封信給你，今晚就寫。現在，你該去睡覺囉。」

我飛奔上床，期望我的計畫可以全盤奏效。如果媽媽遵守諾言，第一部分就成功了。

清晨，當我睜開眼睛，我看到媽媽的信放在床頭櫃上，而爸爸的照片則放在床頭燈下，這是六個月來第一次，我們三個聚集在我的房間裡。

媽媽的這封信是全世界最美的信，它屬於我並且永遠為我所有。但我還有一項重要的任務要完成，為了這個原因，我得把這封信與人分享。雖然媽媽被我蒙在鼓裡，但我相信她一定會諒解我的。

我把信放在書包裡。上學途中，我先到書店，把一星期省吃儉用的零用錢拿來買了一張非常漂亮的信紙。我把媽媽的信拿給店員，用他全新的機器影印了一份，新的信和原來那封看起來簡直一模一樣，一封幾可亂真的信，就像媽媽的信和信的影子。我自己留了媽媽的原信正本。

中午的午休時間，我在大垃圾桶旁閒晃，終於找到我需要的東西，一小塊還沒被清掉的工具間木頭殘骸，上面還有足夠的炭黑，讓我進行第二階段的計畫。

我用剛剛從學生餐廳偷來的餐巾紙把它包住，藏進書包裡。

亨利太太的歷史課上，當埃及豔后正做出一些誇張的事，讓凱撒大帝吃足苦頭時，我偷偷拿出燒黑的木塊和影印的信。我把它們放在書桌上，然後開始把炭黑一點一點抹在信紙上。這邊一塊，那邊一坨。亨利太太應該是看穿了我的小技倆，她突然停止講課，把埃及豔后丟在一場演說中，朝我走來。我把信紙揉成一團，飛快地從筆盒中抓了支筆。

「告訴我，你手裡藏了什麼東西？」她問我。

「我的筆，老師。」我不假思索回答她。

「你的藍筆漏水漏得真特別，竟然能讓你染滿了黑色印漬，等你拿到一支能正常寫字的筆，就給我寫一百遍『歷史課不是用來畫畫的』。現在，去把手和臉洗乾淨，然後馬上回來。」

我往門口走去時，全班同學都笑翻了。哎——她真美啊，我的女同學！走到廁所的鏡子前，我立刻明白我剛剛為什麼被抓包。我真不該用手擦額頭的，我看起來就像個煤礦工。

回到我的課桌椅，我拿出已經被揉得有點破爛的信紙，懷疑所有的心血都已化為烏有。還好結果相反，這封信被我一揉，竟然完全呈現出我原來想做的效果。下課鐘很快就要響起，我馬上就能執行第三階段的計畫。

☘

我對計畫的成功抱著很高的期待。第二天，信已經不在我原先草草埋藏的地方，我原本把它埋在舊工具間殘存的一截木頭底下。

但我一直耐心等了一個星期後，才得到證實。

☘

隔周的星期二，我正和呂克坐在我最愛的長椅上大聊特聊。伊凡走過來，請我同學迴避一下。他坐在呂克的位子，好一會兒都沒說話。

「我已經向校長辭職，這個周末就走，我想親口告訴你這件事。」

「什麼？連你也要離開？為什麼？」

「一言難盡。依我的年紀，我是該離開學校了，不是嗎？其實待在這裡這麼多年，我都活在過去，把自己禁錮在童年裡。但是從今以後，我就自由了，我還有時間去彌補，我得去建立一個真實的人生，一個讓我最終會得到幸福的人生。」

「我懂了，」我嘟噥，「我會想你，我很高興有你這個朋友。」

「我也會想你，也許某天我們還會再見。」

「也許吧。你接下來有什麼打算？」

「到外地碰碰運氣。我有一個陳年舊夢要實現，還有一個諾言要履行。如果我告訴你，你會保守祕密？發誓？」

我在地上吐痰起誓。

伊凡在我耳邊低聲說著他的祕密，但因為這是個祕密，噓——我可是說話算話的人。

我們互握了手，說定最好當下互道再見，不然等到星期五再說，就太傷心了。這樣的話，我們還有幾天可以慢慢適應不會再見的念頭。

回家後，我爬上閣樓，重讀媽媽的信。也許就是因為她在信中寫到，她最大的心願，就是我將來能開心地茁壯成長；她期盼我找到一份讓自己快樂的工作，不論我人生中做出什麼選擇，不論我會去愛或是被愛，都希望我會實現所有她對我寄予的期望。

沒錯，也許就是因為這些句子，解開了一直將伊凡禁錮在童年的枷鎖。有片刻時間，我有點後悔跟他分享媽媽的信，這讓我失去了一個伙伴。

校長和老師在學生餐廳籌辦了一個小歡送會，伊凡比他想像中來得受歡迎，所有的學生家長都來了，我相信這讓他很感動。我請媽媽帶我離開，伊凡離開，我不想跟任何人一起慶祝。

這是一個無月的夜，就算去閣樓也沒什麼用，但就在睡夢中，我聽到房間的窗簾褶溝裡，傳來伊凡的影子向我道謝的聲音。

☘

自從伊凡走後，我再也不到從前的工具間附近閒晃，我相信這裡也有許多影子。回憶在游蕩，一旦靠得太近，就會感受到愁緒。失去伙伴不好受，雖然經歷過轉學，我應該習慣才對，但才不是這樣呢，這根本無藥可救。每次都一樣，一部分的自我遺落在離開的人身上，就像愛情的憂愁，這是友誼的愁緒。千萬不要跟別人產生羈絆，風險太大了。

呂克知道我難過，每天傍晚從學校回家，他都邀請我去他家，我們一起做功課，在數學作業與歷史課的複習間，共享一個咖啡口味的閃電麵包。

一學年終於要結束了，我每踏出一步都超級小心翼翼。在使用我的新能力前，我需要重新鼓起勇氣。我想好好學會使用這股能力。

六月到了尾聲，暑假快到了，我成功的在這段期間保住了我的影子。

媽媽沒有參加我的頒獎典禮，她正好值班，而且沒有一個同事可以幫她代班，她為此很傷心。我跟她說沒關係，明年還會有另一場典禮，我們可以提早安排，讓她可以排假出席。

我走上講台，朝坐了學生家長的觀眾席看了一眼，期望能從中看到爸爸，說不定他正混在爸爸群中，要給我一個驚喜呢。不過看來爸爸應該也在值班，我爸媽真是運氣不好，我不怪他們，這不是他們的錯。

參加期末頒獎典禮的好處，就只是因為這表示「學年結束」了，可以兩個月不用看到馬格和伊麗莎白像兩個呆子般，在操場的七葉樹下喁喁私語。這整整兩個月，我們稱之為「夏天」，而這也是四季中最美的季節。

住在這個小城的好處，就是不太需要跑大老遠去度假。不論是可以戲水的池塘，或是可以野餐的森林，我們都能在當地找到想要的一切。呂克也沒去度假，他爸媽的麵包店得營業，否則客人就會被迫去超市買麵包。呂克媽媽說，人一旦養成壞習慣，就很難再戒除了。

七月底發生了一件很了不起的事，呂克多了一個妹妹。看到她在搖籃裡手舞足蹈地亂動，真是件很絕的事。從他妹妹出生後，呂克就變得有點不一樣，他不再那麼無憂無慮，不但會想到他身為大哥的角色，還常跟我說他以後要幹嘛之類的。我也好想有一個小弟弟或小妹妹。

八月，媽媽有十天的假期，我們向她一個朋友借了車，一路開到海邊去，這已經是我第二次去那裡。

大海一點都沒變老，沙灘和我上次來時一樣。

正是在這個濱海小鎮，我遇到了克蕾兒——一個比伊麗莎白漂亮很多的女孩。克蕾兒從出生就又聾又啞，根本就是為我量身打造的朋友，我們立刻就混得很熟。

為了彌補她的耳聾，上帝給了克蕾兒一雙大大的眼睛，那麼深邃，讓她的臉上充滿了迷人的光采。因為聽不到，所以她能看盡一切，沒有一絲枝微末節能逃過她的眼睛。其實，克蕾兒不是真的啞了，她的聲帶並未受損，只是因為她從未聽見過話語，所以發不出聲音。這很符合邏輯。當她試著說話，她的喉嚨就會發出嘶啞的聲音，乍聽下會讓人有點害怕，但只要她一笑，就會發出像大提琴音色般的聲音，我愛極了大提琴。克蕾兒不會說話，但這絕不表示她沒有同齡的女生聰明，大大相反的是，她能用手，背誦出她牢記的許多詩詞；克蕾兒透過手語和人溝通。我的第一個聾啞女性朋友的個性很剛強，比如說，為了要表達她想喝可口可樂，她會用手指比出不可思議的東西，而她爸媽馬上就能猜到她要什麼。我立刻就學會了如何用手語說「不」，當她問我們能不能再來一球冰淇淋時。

我在沙灘的小雜貨店買了一張明信片，想寫信給爸爸。因為空間不夠，我把左半邊用密密麻麻的小字填滿，但填到右半邊時，我的筆停頓在半空中，我的腦海也同樣一片空白——我不知道爸爸的地址。突然意識到我竟然不曾注意到爸爸住哪裡，成為我諸多打擊中的其中一擊……我想到伊凡在操場長椅上跟我說過的金玉良言，他說有大好的前程在我面前。但坐在沙堆中，我只看到前面有俯衝入水抓魚的海鷗，讓我想起跟爸爸去釣魚的片段。

人生總能以不可思議的速度翻轉，一切都運行得很糟，但突然間，一件意料之外的事就改變了事情的發展。我一直想要過另一種生活，雖然我沒有兄弟也沒有姊妹，但就像呂克一樣，我也常思考自己的未來，而在這個和媽媽共度的夏日海濱假期裡，我的人生徹底顛覆。

遇到克蕾兒後，我確信人生再也不同以往。等到開學當天，同學得知我有一個聾啞女性朋友時，一定會忌妒得臉都綠掉。我一想到伊麗莎白不快的表情，就覺得很開心。

克蕾兒會在空中寫字、寫詩，伊麗莎白根本一點都比不上她。爸爸常說永遠不要把人拿來比較，每個人都與眾不同，重要的是要找到最適合自己的差異性。

克蕾兒就是我的差異性。

一個陽光燦爛的上午，也是我們到此以來的第一個大晴天，克蕾兒在我們沿著港口散步時貼近我。我們過去從未如此親近過。我們的影子在碼頭上相觸，我害怕，退了一步。克蕾兒不明白我的舉動，幽幽地看著我，我從她眼中看出了憂傷，接著她就跑開了。任憑我盡全力喊破喉嚨叫她，她卻連頭也沒回。我真白痴，她根本聽不到我的呼喚！我從第一次邂逅的頭幾秒鐘，就夢想著要牽她的手，面對著大海的我們，會比站在學校操場可憐七葉樹下的伊麗莎白和馬格更登對。而我之所以後退，是因為我尤其不想偷走克蕾兒的影子，我完全不想知道那些她不想用手語對我說的話。克蕾兒沒辦法猜到這些事，而我後退的舉動傷了她的心。

這天晚上，我不停地想著該怎樣向她道歉，讓我們言歸於好。

權衡輕重之後，我確信修補裂痕唯一的辦法，就是告訴克蕾兒真相。依我看，與克蕾兒共享祕密是唯一的解決之道，如果我真的想跟她彼此瞭解。要是不敢承擔向人吐實的信任風險，還談什麼跟對方建立關係呢？

剩下的問題是要怎樣向她吐露一切？我的手語程度還很有限，也沒有足夠的手勢向她比出這麼一個故事。

第二天，天空一片陰霾，克蕾兒蹲坐在碼頭盡頭的一塊礁石上，正拋著小石頭打水漂。她媽媽因為太開心她終於有了朋友，所以跟我說了她的避難處，她每天早上都會去那裡。我去找她，坐在她身邊，一起看著海浪一波波打向流沙，克蕾兒一副當作我不存在的樣子，徹底忽略我。我鼓起全身的力氣，把手朝她伸過去，想要握她的手，但克蕾兒站了起來，踩跳著一塊塊的礁石跑遠了。我追著她，牢牢站在她面前，用手指著我倆的影子，它們正長長拖在碼頭上。我請她別動，我向旁邊移了一步，我的影子便覆蓋了她的影子，接著我後退一步，克蕾兒的眼睛瞪得更大，她馬上就明白發生了什麼事，即使對一個從沒見過這種事的人來說，一切也不難理解。我面前的影子有著長長的頭髮，而她眼前的，則是短髮。我堵住耳朵，期盼她的影子和她一樣緘默，但我還是聽到了它在對我說：「救命啊，幫幫我。」我跪下，大喊著：「閉嘴，我求妳，別說了！」然後我立刻再度讓我們的影子交疊，讓一切回歸原貌。

克蕾兒在空中畫了一個大問號，我聳聳肩，這一次，走開的人是我。克蕾兒跑著追在我身後，我害怕她在礁石上滑倒，便減緩了腳步。她抓住我的手，同樣想跟我分享祕密，讓我們之間扯平。

碼頭盡頭有個不起眼的小小燈塔，孤單地佇立在那裡，一副被父母遺棄而後停止長大的模樣。塔燈是熄滅的，已經很久不曾照亮大海。

被遺棄在碼頭盡頭的舊燈塔，才是克蕾兒真正的祕密基地。自從她對我吐露祕密以後，每次我們見面她都會帶我到那裡去。我們穿過掛著「禁止進入」的生鏽老舊告示牌的鐵鏈，推開因鹽分侵蝕鎖孔而解放了靈魂的鐵門，爬上通往老舊瞭望臺的樓梯，克蕾兒總是一馬當先登上通往塔頂的梯子。我們在那裡一待就是好幾個小時，觀察著船舶並欣賞天際線。克蕾兒會以左腕的細微波動來刻畫波浪，再以起伏的右手來呈現大型帆船在海面上來回穿梭。當夕陽西斜，她用兩手的姆指和食指圈成虛擬的太陽，從我背後滑下，然後她大提琴般的笑聲占據了整個空間。

晚上，媽媽問我白天去了哪裡，我只告訴她我待在沙灘某個地方，一個與燈塔相反的方向，一個專屬於克蕾兒和我的私有燈塔，一個毫不起眼的小小燈塔，一個被人遺棄而被我們認養的燈塔。

假期第三天，克蕾兒不想登上塔頂。她坐在燈塔下，我從她微慍的臉色猜到她可能要我做什麼事。她從口袋拿出一本便條本，草草在紙上寫下：「你怎麼做到的？」然後拿給我看。

輪到我拿著她的便條本回答問題。

「做到什麼？」

「關於影子那件事啊。」克蕾兒寫道。

「我一點概念都沒有，事情就這樣發生，我就任其繼續下去了。」

鉛筆在紙上劃出沙沙的聲音，克蕾兒劃掉她的句子，應該是在下筆時改變了主意。她最後寫給我的句子是：「你很幸運，影子會跟你交談嗎？」但我還是從劃掉的痕跡中讀出她原來寫的句子：「你瘋了！」

她怎麼猜得到影子會跟我說話？我完全沒辦法騙她。

「是的！」

「我的影子是啞巴嗎？」

「我認為不是。」

「是『你認為』還是『你確定』？」

「它不是啞巴。」

「那很正常，在我腦袋裡，我也不是啞巴。你想跟我的影子談談嗎？」

「不要，我寧可跟妳聊。」

「我的影子跟你說了什麼？」

「沒什麼重要的，時間太短了。」

「我影子發出的聲音好聽嗎？」

看來我剛剛沒抓到克蕾兒前一個問題的重點，這就好像一個盲人問我，她的倒影在鏡中看起來像什麼一樣。克蕾兒的獨特之處，就在於她的靜默。在我眼中，這才是她與眾不同之處，但克蕾兒卻夢想著和其他同齡的女生一樣，能用手語以外的方式表達自己。要是她能知道自己與眾不同的差異點有多美好，那該有多好。

我拿起鉛筆。

「是的，克蕾兒，妳影子發出的聲音很清脆、迷人又悅耳。就跟妳一樣完美。」

我邊寫下這些句子邊羞紅了臉，克蕾兒也邊讀邊紅了臉。

「你為什麼難過起來？」克蕾兒問我。

「因為假期一定會結束，到時我一定會想妳。」

「我們還有一個星期的時間。假如你明年還會回來，你知道可以在哪裡找到我。」

「是，在燈塔下。」

「我會從假期的第一天開始就在燈塔等你。」

「妳承諾？」

克蕾兒用手比出承諾的姿式。這比用文字寫出來還要優美。天空露出一線光亮，克蕾兒抬起頭，在便條本上寫道：「我想要你再踩上我的影子，然後告訴我，它跟你說了什麼。」

我猶豫，但我想讓她開心，所以我走向她。克蕾兒把手搭在我的肩上，緊貼著我。我的心頓時狂跳百下，我完全沒注意到我們的影子，只看到克蕾兒深邃的雙眼逼近我的臉龐，正目不轉睛地盯著我瞧。我們的鼻子輕輕觸到，克蕾兒吐掉口香糖，我的雙腿發軟，我覺得我快昏倒了。

我從電影裡學到，親吻時會嚐到蜂蜜般的滋味，但跟克蕾兒接吻，我嚐到的是她親我前才吐掉的草莓口香糖的味道。聽到我的心在胸膛裡擊鼓般的咚咚聲，我跟自己說，我們可能會因為親吻而死掉。雖然我希望她再來一次，但她已經退後。她凝視著我，漾出一朵微笑，並且在紙上寫下：「你偷走了我的影子，不論你在哪裡，我都會一直想著你。」然後她就跑著離開了。

這正說明了人生如何能瞬間顛覆。八月裡，僅僅遇到一個克蕾兒，每個早晨就再也不一樣，每個當下也不再同於以往，而孤獨便能拭去。

獻出初吻的那天晚上，我一度想寫信給呂克，跟他訴說這一切。也許是為了延長這一刻的感覺。談著克蕾兒，彷彿就能把她多留在身邊一會兒。但接下來，我就把這封信撕得粉碎。

隔天，克蕾兒不在燈塔下面，我在碼頭上來回走了數十趟等她。我怕她跌進了水裡。心繫心上人真是令人不安，很難想像竟然讓人如此難受，光是害怕會失去她，就讓人痛苦不堪。我以前從來沒有想過會這樣。對於爸爸，我當時沒有選擇，我們無法選擇父親，更無法改變他決定某天要離開的事實。但對克蕾兒，是完全不同的事，跟她在一起，一切都不一樣。但我突然聽到遠方傳來大提琴般的笑聲，我沮喪得不能自已，克蕾兒正在港口，跟她爸媽站在冰淇淋小販的攤子前，她爸爸把冰淇淋弄掉在襯衫上，惹得克蕾兒大笑。我不知道該怎麼辦，是該待在原地，還是該跑去找她？克蕾兒的媽媽向我揮揮手，我回敬她一句日安，然後往相反的方向離開。

這一天過得很糟，我一直在等克蕾兒，完全搞不懂自己為何鬱悶。我們昨天還在上面散步的防波堤，已經被浪花打到，獨自走在那裡，讓我難過得要死。我一定是碰上了最慘的影子，一個名為「分離」的影子，有它在身邊真是糟透了。我真不該相信克蕾兒，不該向她吐露我的祕密，不該和她相遇。幾天前，我還不需要她，我的人生雖然一成不變，但至少可以過日子。現在，一沒有克蕾兒的消息，一切都崩潰了。要等著別人的指令才能感受到幸福，這感覺實在討厭極了。

我離開碼頭，走到沙灘的小雜貨店附近。我想寫信給爸爸，於是從旋轉陳列架上偷拿了一張大張明信片，然後坐到小酒吧的位子上。這個時候的客人不多，服務生也沒說什麼。

爸爸：

我在海邊寫信給你，媽媽和我來這裡度幾天假。我多麼希望你能跟我們在一起，但是事實就擺在眼前。我很想知道你的近況，想知道你過得快樂。對我而言，幸福的一面，總是來了又去。如果你在這裡，我就能告訴你我發生了什麼事，我想這樣應該會讓我好過一點。你應該會給我一些建議。呂克説他凡事都要聽他爸爸的建議，我卻沒有你的建議可聽。

媽媽都説性急會殺死童年，但我眞的好想長大。爸爸，我好想可以自由地去旅行，好想逃離讓我不開心的地方。長大後，我會去找你，不論你在哪裡，我都會找到你。

如果在那之前我們無法相見，那麼我們要跟對方述説的事情，會多到得花上百頓中餐的時間，才能一一説完。又或者，需要我倆單獨共度至少一周假期的時間。要是眞能跟你共度這麼多時間，那就太好了。但我推測這一定很難實現，我不由得自問爲什麼會這樣。每次一想到這裡，我也會問爲什麼你不寫信給我，你知道我的地址啊。或許你會回這張明信片，或許我一回家就會看到你的信，或許你會來找我？

我想我已受夠了這些「或許」。

依然愛你的兒子

我慢吞吞地走到郵筒旁。管他的，就算我不知道我爸爸住在哪裡，就像寫信給耶誕老公公一樣，我投了信，沒貼郵票也沒寫地址。

☘

雜貨店的陳列架上掛著一只紙風箏，老鷹形狀。我跟老闆說媽媽晚點會來幫我付錢。我滿腦子相信媽媽會這樣做，我把風箏挾在腋下離開。

線長四十公尺，包裝上這樣寫著。離地四十公尺，應該可以俯視整個濱海小鎮、教堂的時鐘、市場的小路、樹林裡的馬場和直通村莊的大馬路。如果把線放掉，就能觀看整個國家，要是風向好的話，說不定還能環遊世界，從很高的地方俯瞰思念的人。我多想化身為風箏。

我的老鷹風箏漂亮爬升，線軸還沒放盡，它已驕傲地飛向天空。它的影子在沙子上漫步，風箏的影子是死的，只是一些小點。玩夠後，我把老鷹拉向我，收起翅膀，帶著它一起回家。回到民宿的套房，我一度想找地方把風箏藏起來，但後來改變了主意。

我把媽媽應該送給我的禮物拿給她時，被狠狠罵了一頓，她威脅要把風箏丟到垃圾筒，後來她有了更殘酷的主意：逼我把風箏拿去還給雜貨店老闆，還要我為自己「不可饒恕的行為」向老闆道歉。即使我用盡了具有毀滅性的懺悔笑容，可惜對媽媽一點破壞力也沒有。我只好飯也沒吃就去睡覺，反正吃飯對我來說也不重要，我光是生氣就氣飽了。

☘

第二天早上十點半，媽媽把車停在沙灘雜貨店門口。她打開車門，丟給我一記威脅的眼神：「好了，下車，快一點，你知道該做什麼！」

我的酷刑從早餐後就開始了，我得重纏風箏線，讓線軸完美捲成一圈，再把老鷹的翅膀重新摺好，繫上媽媽給我的緞帶。接下來的車程在一片肅穆中度過。最終的考驗則是穿過廣場走到雜貨店，把風箏還給老闆，向他道歉我辜負了他的信任。我走過去，肩膀垂得低低的，腋下夾著我的風箏。

透過車窗，媽媽只能看到影像，聽不到聲音。我走向老闆，裝出一副可憐兮兮的模樣，告訴他我媽媽沒有錢幫我買生日禮物，所以無法買下這只風箏。老闆回答說可是這並不是個貴重的禮物。我回他說我媽媽實在太吝嗇，她的字典裡沒有「不貴」這種字眼。我還說我真的很抱歉，這個風箏跟新的一樣，我只放過一次而且沒有放得很高。最後，我向老闆提議，為了補償他的損失，我願意幫忙整理店裡的東西。我請求老闆寬恕我，告訴他如果我沒把問題解決就離開，我可能連聖誕節禮物都別想拿到。我的說辭應該很有說服力，老闆看起來被我唬弄了。他朝媽媽投去一記惡狠狠的眼神，又對我使了個眼色，說他願意把這只風箏送給我。他甚至想去跟媽媽講幾句話，但我說服他這不是個好主意。我再三向他道謝，並請他讓我寄放這份禮物，我晚點再過來拿。我走回車上，向媽媽保證我完成了任務。媽媽恩准我去沙灘玩，然後她就走了。

我沒有因為說了媽媽的壞話而窘迫，也沒有因為報了仇而懊喪。媽媽的車一從視線消失，我就去拿回我的老鷹風箏，然後飛奔到退潮的沙灘上。一邊放著老鷹風箏，一邊聽著貝殼在腳下爆開，實在是件很奇妙的事。

風比昨天強勁，線軸被快速扯動而放線。經過一陣輕拉猛扯，我成功畫出第一個圖像，一小部分近乎完美的數字8。風箏的影子在沙上滑行得很遠。突然，我發現身邊多了一個熟悉的身影，我差點嚇得鬆開了老鷹風箏。克蕾兒抓住我的右手。

她把手放在我的手上，不是為了握住我的手，而是要操控風箏的手柄。我把風箏交給她，克蕾兒的笑容無人能敵，我完全無法拒絕她的任何要求。

這絕對不是她第一次放風箏，克蕾兒以令人驚訝的靈活度操縱風箏。一連串完整的8，無數個完美的S。克蕾兒真的對寫空氣詩很有天分，她能在天空中畫出許多字母。當我終於看懂她在做什麼時，我讀出她寫的字：「我想你。」一個會用風箏向你寫出「我想你」的女孩啊，讓人永遠都忘不了她。

克蕾兒把老鷹風箏放在沙灘上，她轉向我，坐在潮濕的沙子上。我們的影子連在一起，克蕾兒的影子傾身向我。

「我不知道對我來說哪一樣比較痛苦，是從背後傳來的訕笑，或是朝我射來的輕視眼光？誰會願意愛上一個無法言語的女孩，一個笑時會發出嘶啞叫聲的女孩？誰能在我害怕時給我安全感？我真的很害怕，我什麼都聽不到，包括腦海中的聲音。我害怕長大，我很孤單，我的白晝如同無止盡的黑夜，而我如同行屍走肉一般穿越其中。」

世上沒有一個女孩敢對一個剛認識的男孩說出同樣的話。這些話並非由克蕾兒的口中發出，而是她的影子在沙灘上低低向我傾訴。我終於明白，為何之前影子會向我求救。

「克蕾兒，妳要知道，對我來說，妳是全世界最美麗的女孩，妳可以用嘶啞叫聲抹去天空的陰暗，妳有著大提琴般的美妙音色。妳要知道，全世界沒有一個女孩可以像妳一樣讓風箏快速旋轉。

「這些話，我只敢悄悄在妳背後喃喃地說，不敢讓妳聽到。一面對妳，我就成了啞巴。」

我們每天早上都在碼頭相見。克蕾兒會先去小雜貨店拿我的風箏，然後我們一起跑向廢棄的舊燈塔，在那裡度過一整天。

我編造一些海盜的故事，克蕾兒則教我用手語說話，我漸漸挖掘出這個很少人熟知的語言的詩意。我們把風箏線鈎在塔頂的欄杆，老鷹盤旋得更高，在風中嬉戲。

中午，克蕾兒和我靠在燈塔下，共享媽媽幫我準備的野餐。媽媽是知情的，雖然我們晚上從來不談這個，但她知道我和一個小女生來往，一個不會說話的小女生，套一句鎮上的人對克蕾兒的稱呼。大人真的很怪，竟然會害怕說出某些字眼，對我來說，「啞巴」這個詞美麗多了。

偶爾，吃完午餐後，克蕾兒會把頭靠在我肩上小睡。我相信這是一天中最美的時刻，是她放鬆的時刻。看著一個人在你眼前放鬆真的很動人，我看著她沉睡，想著她是否在夢裡尋回自己的語言，是否聽到自己清脆如銀鈴的聲音。每天傍晚，我們會在分離前親吻。這是永生難忘的六天。

☘

我短暫的假期接近尾聲，媽媽開始在我吃早餐時準備行李，我們很快就要離開民宿。我央求媽媽多留幾天，但她若還想保住工作，我們就一定得踏上歸途。媽媽答應我明年再回來。但是一年裡能發生好多事啊。

我去向克蕾兒道別，她在燈塔下等我，一看到我，她馬上明白我為什麼臉色不對。她不想爬上塔，只比了個手勢叫我離開，轉身背對著我。我從口袋拿出昨天夜裡偷偷寫好的字條，上面寫滿了我對她的感覺。她不想收下，於是我抓住她的手，把她拉到沙灘上。

我用腳尖在沙上畫出一個半心，把我的紙條捲成錐狀，插在圖案中心，然後就離開了。

我不知道克蕾兒有沒有改變主意，有沒有把我畫在沙上的圖畫完成。我不知道她是否看了我的字條。

☘

在回家的路上，也許是出於害羞，我突然期望她沒有去拿我的信，讓它被潮水捲走。我在信上寫道，我每天一睜開眼睛就會想到她，而每晚我一閉上眼睛，就浮現她的雙眼，在深夜裡如此深邃，就像一座被認養的驕傲舊燈塔，點燃起塔燈。寫情書這方面，我真的滿笨拙的。

我還得收集滿滿的回憶，好撐過接下來的寒暑。我要為秋天保存一些幸福的時刻，好在黑夜滯留上學途中時咀嚼。

開學那天，我決定什麼都不要告訴別人，用談論克蕾兒來激怒伊麗莎白，這個主意我再也不感興趣。

我們再也沒有回到那個濱海小鎮，隔年沒有，接下來的每一年也沒有。我再也沒有克蕾兒的消息。我很想給她寫封信，就填上：碼頭盡頭廢棄的小燈塔。但光是寫出這個地址，就表示出賣了我們的祕密。

兩年後，我吻了伊麗莎白，她的吻既沒有蜂蜜的味道也沒有草莓的香味，只有對馬格報復的香氣，證明我從此跟他一樣了。連續三屆當選班長終於賦予人相當的影響力。

親吻後隔天，伊麗莎白就和我分手了。

我沒有再參選班長，馬格取代了我而當選。我很樂意把職責交給他，長久以來，我早已厭倦了耍心機搞鬥爭。

# *Deux*

對夜晚的恐懼其實來自對孤獨的恐懼，我不喜歡一個人睡，卻被迫如此生活。我住在一棟離醫學院不遠的大樓頂樓套房，昨天剛過完二十歲生日，因為該死的早讀，我活該獨自慶生，沒時間交朋友。醫學院的課程不容許我有多餘的時間。

兩年前，我拋下童年，扔在學校操場的七葉樹後，遺忘在成長的小城中。畢業典禮當天，媽媽順利出席，剛好有一位女同事幫她代了班。我似乎隱約瞥見爸爸的身影，出現在校門的鐵柵欄後，但我應該又在作夢了，我總是太有想像力。

我把童年留在回家的路上，在那裡，秋雨曾沿著我的肩膀流下。我也把童年埋進閣樓裡，在那裡，我曾一邊看著爸媽相愛時的照片，一邊和影子說話。

我把童年揚棄在火車站的月台上，在那裡，我向我最好的朋友——麵包師傅之子道別；在那裡，我把媽媽擁進懷裡，向她承諾盡可能回來看她。

在火車站的月台上，我看到媽媽在哭泣，這一次，她沒有再試圖別過臉去。我不再是她需要全力保護的孩子，她再也不必藏起淚水，藏起她從未遠離的悲傷。

我貼在車廂的窗戶上。當列車啟動，我看到呂克握著媽媽的手，安慰著她。我的世界從此轉向，本來坐上這節車廂的人應該是呂克，他才是對科學有天分的人。我們之間，那個理當照顧著為別人、尤其為兒子貢獻一生的護士的人，本該是我。

☘

醫學系四年級。

媽媽退休了，轉任到市立圖書館服務。每個星期三和三個朋友打牌。

她常常寫信給我，但奔波在課堂與醫院值班之間，我完全沒空回信。她一年來看我兩次，春秋季各一次，她會投宿在大學附設醫院附近的小旅館，並逛逛博物館，等我結束忙碌的一天。

我們會沿著長長的河岸散步，她邊走邊要我談談生活瑣事，還給我許多建議——關於一個充滿人性關懷的醫師必須做到的事；在她眼中，這和成為一名好醫師同樣重要。四十年的工作生涯中，她遇過很多醫師，所以一眼就能看穿哪些是重視職業勝於病患的醫師。我總是沉默地聽她說。散完步，我會帶她去一間她很喜歡的小餐館吃晚餐，她往往搶著付帳，每次搶帳單時都說：「等你將來當了醫生，再請我去高級餐廳吃大餐吧。」

她添了皺紋，但眼中閃耀著永不老去的溫柔。父母到了某個年紀總會變老，但他們的容顏會深深烙印在你的腦海裡，只要閉上眼睛，想著他們，就能浮現他們昔日的臉龐，彷彿我們對他們的愛，能讓時光停頓。

媽媽每次來都會做一項工作：把我的小窩恢復原貌。每次她走後，我會在衣櫃裡發現一堆新襯衫，而床上乾淨的被單，會泛著和我童年房間同樣的香氣。

我的床頭櫃上總是放著一封當年我請媽媽寫給我的信，和一張在閣樓找到的照片。

送媽媽去車站時，她會在上車前把我擁進懷裡，她抱得如此緊，讓我每次都很害怕再也看不到她了。我看著她的列車在蜿蜒的鐵道上消失，奔向我長大的小城，朝著離我六小時車程的童年駛去。

媽媽離開後隔周，我必定會收到她的信，向我描述她的旅程、她的牌友，還會給我一堆刻不容緩的必讀書單。可惜的是，我唯一的讀物只有醫學月刊，我每晚都會一邊翻閱，一邊準備實習醫師國考。

我通常在急診部和小兒科輪值，都是需要高度戒護的病患。我的主任是個不錯的傢伙，一個不喜歡吼人的教授，但只要有一點點粗心或是犯出一點小錯，就會聽到他的咆哮。不過他都不藏私地把知識傳授給我們，這也是我們想從他身上學到的。每天早上，從查房開始，他會孜孜不倦地向我們複誦，醫生不是一門職業，而是一份使命與天職。

休息時，我會飛奔到醫院的餐飲部買個三明治，坐在院區的小花園吃。我常在那裡遇到幾個恢復期的小病患，他們在父母陪伴下來這裡透透氣。

而正是在那裡，在一塊開滿花的方型草皮前，我的人生再度翻轉。

我在長椅上打瞌睡，讀醫學院是一場對抗睡眠不足的長期奮戰。一個四年級的女同學走過來，坐在我身邊，把我從昏昏沉沉中拉了出來。蘇菲是個耀眼又美麗的女孩，幾個月來，我們一起見習，相互調情卻從未為彼此的關係定調，我們互稱朋友，故意忽略對對方的渴望。我們都知道彼此沒時間經營一段真正的關係。這個早上，蘇菲第N次談到她在照顧的病患——一個已經兩周無法進食的十歲小男孩，沒有任何病理學家可以解釋他的病況。他的消化系統正常的不得了，沒有任何徵狀證明為何會抗拒最基本的進食。這個孩子現在只能靠打點滴維生，而他的身體狀況愈來愈糟，即使會診了三位心理醫師也無法解開謎團。蘇菲對這個小人兒完全著了迷，迷到什麼事都不想做，成天只想為他的病找出解決之道。

因為想要重拾我們每周晚上一起複習功課的時光，即使沒什麼把握，但我承諾她會研究一下病歷，從我的角度去思考可能的解決方法，一副好像我們兩個小見習醫師比整個醫院的醫療團隊還來得聰明厲害，不過每個學生不是都夢想著超越他的老師嗎？

蘇菲談著小男孩身體的衰弱狀況時，我的注意力被一個在花園走道玩跳房子的小女孩吸引了。我很專注地觀察她，突然發現她並不是依照規則一格一格地跳，而是完全不同的玩法——小女孩併腳跳向她的影子，期望可以超越它。

我問蘇菲她的小病人能不能坐輪椅，並建議她把他帶來這裡。蘇菲本來希望我能去病房看他，但我堅持要她不要浪費時間。太陽很快就會消失在主建物的屋頂，我需要看到他。蘇菲雖不樂意，但最後還是屈服了。

她一走開，我立刻走近小女孩，告訴她我要跟她說一個祕密，要她承諾為我保密。她專心地聽我說話，並接受了我的提議。

一刻鐘後，蘇菲推著她的小病人回來，他被綁在輪椅上，從蒼白的皮膚和消瘦的兩頰可以看出他多虛弱。看到他這個樣子，我更能瞭解蘇菲多為他煩心。蘇菲停在離我不遠處，我從她眼中讀出疑惑，她用無聲的方式問我：「好，現在要怎麼做？」我建議她把輪椅推到小女孩旁，她照做，再走回長椅找我。

「你認為一個十一歲的小丫頭能把他治好？這就是你的神奇藥方？」

「留點時間讓他對她產生興趣。」

「她在跳房子，你何以見得他會對她產生興趣？好了，到此為止，我要帶他回病房。」

我捉住蘇菲的手臂，阻止她離開。

「出來透氣幾分鐘對他不會有害處。我相信妳還有其他病人要探視，就把他們兩個留在那裡，我會在這段休息時間看著他們。別擔心，我會提防的。」

蘇菲走回兒科病房，我走近孩子們，取下把小男孩綁在輪椅上的帶子，把他抱到方形的草地上。我先坐下，把他放在膝上，背向夕陽的餘輝。小女孩又回到她的小遊戲裡，就如我們原先約定的一樣。

「你在害怕什麼，我的小人兒，為何放任自己虛弱？」

他抬起視線，什麼也沒說。他的影子如此纖細，依偎著我的。小男孩在我的臂彎裡鬆懈下來，把頭靠上我的胸膛。我祈求上天讓我童年的影子回來，那已經是好久好久以前的事了。

全世界沒有一個孩子能捏造出我剛剛聽到的故事。我不知道是他還是他的影子在低低向我傾訴，我早已遺忘這種真情流露的感覺。

我把小男孩抱回輪椅，把小女孩叫過來，讓蘇菲一回來就能看到小女孩陪在小男孩身邊，然後我回到長椅上。

蘇菲回來找我時，我告訴她跳房子冠軍和她的小病人相處甚歡，她甚至成功讓他說出心靈創傷，還答應讓我幫他說出來。蘇菲看著我，一臉疑惑。

原來小男孩很喜歡一隻兔子，牠是他的知己、他最好的朋友。不幸的是，兩個星期前兔子逃走了。在牠失蹤當晚，晚餐吃到最後，男孩的媽媽問全家人喜不喜歡吃她煮的這道「紅酒洋蔥燉兔肉」。小男孩因此立刻推論他的兔子已經死了，自己還吃了牠。從那之後，他腦中只有一個念頭：他要贖罪，並且要去天堂和好友相會。人們也許該在告訴孩子死掉的人會在活人之外的天上活下去前，好好三思。

我起身，留下一臉驚愕的蘇菲坐在長椅上。現在我找出問題了，重要的是要思考如何解決。

值完班後，我在抽屜裡看到一張字條，蘇菲要我去她家找她，不管多晚。

我在清晨六點按了蘇菲家的門鈴，她讓我進門，剛睡醒的雙眼腫腫的，全身只穿著一件男裝襯衫。我覺得她這身穿著實在很誘人，即使她身上的襯衫不是我的。

她在廚房為我煮了杯咖啡，問我究竟如何能搞定三個心理醫師都束手無策的燙手山芋。

我提醒她，孩子們都擁有成人所遺忘的語言，一種僅存於孩子間、方便他們溝通的語言。

「所以你早就料到他會向那個小丫頭吐實！」

「我是期望好運會站在我們這一邊，即使是微不足道的機會，也值得盡力一試，不是嗎？」

蘇菲打斷我，駁斥我的謊言，原來小女孩向她坦承，在我陪著她的小病人期間，小女孩都在玩跳房子。

「所以是她的證詞對上我的證詞囉？」我回答，對蘇菲微笑。

「好笑的是，」她強硬反駁，「我相信她的話大過於相信你的。」
「妳能告訴我，這件男裝襯衫是誰送妳的嗎？」
「我在舊衣店買的。」
「妳看，妳跟我一樣不擅說謊。」
蘇菲起身，走向窗戶。
「我昨天中午打電話給小男孩的爸媽，他們都是鄉下人，完全沒想到兒子竟然跟一隻兔子感情那麼好，更不懂為什麼跟這一隻特別好。他們完全沒辦法理解，對他們而言，把兔子養大，就是為了吃掉。」
「妳問他們，如果有人逼他們吃掉他們養的狗，心裡會有什麼感覺。」
「責怪他們毫無意義，他們也嚇壞了。媽媽不停地哭，爸爸也好不到哪裡去。你有沒有辦法把這個孩子救出目前的困境？」
「不確定。試試看請他們找隻年幼的兔子來，跟原來那隻一樣有點紅棕色的，然後要他們盡快把兔子帶過來。」
「你要偷渡一隻兔子進醫院？要是總醫師知道了，這都是你一個人的主意，我可不認識你。」

「我絕對不會供出妳。現在可以把這件襯衫換下來了嗎？我覺得它醜斃了。」

☘

蘇菲洗澡時，我在她床上昏睡，我已經累得沒有力氣回家。她一小時後要當班，我則有十小時可以補眠。我們晚一點會在醫院碰面，我今晚在急診輪值，她則在兒科病房，我們都要值班，卻在兩棟不同的大樓裡。

醒來時，我看到廚房桌上有一盤乳酪和一張小紙條。蘇菲邀我有時間的話，在她當班時間去看她。在洗盤子時，我意外在垃圾桶裡發現那件她幫我開門時身上穿的襯衫。

我午夜時抵達急診部，行政總管告知今晚很平靜，說不定我原本可以留在家裡不用來，她邊說邊把我的名字寫在見習醫師班表上。

沒人可以解釋，為什麼某些夜裡，急診部會塞滿痛苦的病患，而某些夜裡，又平靜得像什麼事都不會發生。不過有鑑於我的疲累，這樣的待遇實在沒什麼好抱怨的了。

蘇菲來醫院餐飲部和我會合時，我已經頭枕著雙臂、鼻子貼著桌子，累趴在桌上睡著了。她用手肘推了推我，把我叫醒。

「你睡著了？」

「現在醒了。」我回答。

「我的那對鄉下人父母找到稀有的寶物啦——一隻紅棕色的小兔子，跟你要的完全一樣。」

「他們人呢？」

「投宿在附近的一家旅館裡，他們在等我的指示。我是兒科病房的見習醫師，不是獸醫，你要是能清楚告訴我下一步的計畫，相信一定對我助益良多。」

「打電話給他們，要他們到急診部來，我會過去接應。」

「現在可是凌晨三點！」

「你可曾看過總醫師凌晨三點還在走廊散步？」

蘇菲從白袍口袋裡翻出從不離身的小黑簿子，從中找尋旅館的電話，我則朝急診室的大門奔去。

小病人的父母看起來一臉驚魂未定，大半夜被人吵醒，又被要求帶著兔子來醫院，他們受到的驚嚇不亞於蘇菲。那隻小哺乳動物藏在男孩媽媽的大衣口袋裡。我讓他們進來，向行政總管聲稱在外省的叔叔和嬸嬸剛好來城裡看我，她對我們選這麼奇怪的時間家庭會面也沒多加置疑，畢竟要嚇到在醫院急診部工作的人，這點小事還不算什麼。

我帶著這對父母穿過走廊，小心翼翼地避開值班的護士。

在途中，我向小男孩的媽媽解釋了我希望她待會兒要做的事。走到兒科病房的樓層時，蘇菲已經在等我們。

「我請病房的護士幫我去餐飲部的自動販賣機買杯茶，我不知道你想做什麼，但要快點，她很快就會回來。我最多能給你們二十分鐘。」蘇菲宣告。

男孩媽媽單獨和我走進兒子的病房。她坐在床邊，撫摸他的額頭喚醒他。小男孩睜開眼睛看著媽媽，像在作夢一樣。我坐在床的另一端。

「我不想吵醒你，但我有樣東西要給你看。」我對他說。

我告訴他，他沒有吃掉他的兔子，而且兔子沒有死，牠有了寶寶，這個小壞蛋蹺家是為了跟另一隻母兔子再婚。有些爸爸就是會做出這種事。

「你爸爸在走廊上，孤零零的在大半夜裡等在這扇門後，因為他愛你勝過全世界，就像他愛你媽媽一樣。現在，你要是還不相信我，你看！」

男孩媽媽拿出口袋裡的小兔子，放在兒子的床上，用手抓著牠。男孩盯著這隻小動物，他慢慢伸出手，摸摸牠的頭。媽媽把兔子交給他，關係就此建立。

「這隻小兔子沒有人照顧，牠需要你，如果你沒有好起來，牠就會跟著衰弱下去。所以，你必須開始吃東西，才能有力氣照顧牠。」

我把媽媽留下來陪小男孩，再走到走廊，請爸爸進去加入他們。我衷心期盼我的計畫會奏效。這個看起來一臉粗暴的男人突然一把將我抱住，緊緊擁著我。在那短短的瞬間，我多麼希望變成那個找回爸爸的小男孩。

☘

三天後，我一到醫院，就在抽屜裡發現一張字條，是主任的秘書留的——要我立刻到主任辦公室去。這樣的召見對我而言還是頭一遭，我匆匆留了幾個字給蘇菲。值班護士在三〇二號病房的床上發現了兔毛，小男孩被一杯果汁和穀片收買，出賣了我們。

蘇菲雖然向護士解釋了一切，而且還以結果論來懇求護士對這帖見效藥方保持沉默。可惜就是有些人老愛墨守成規，沒有偶爾破除規範的智慧。規則能讓那些沒有想像力的人安心，這實在有夠愚蠢！

反正我當年都已經能從雪佛太太周而復始的處罰中倖存下來，六年的學習生涯一共被處罰了六十二次，也就是每四周就有一個周六被罰。我在這間醫院一周工作九十六小時，他們還能處罰我什麼？

其實我根本不需要去辦公室見費斯汀教授，這位大人物已經確認今天早上會帶著兩名助理來查房，而我隸屬在跟隨他查房的學生群裡。當我們走進三〇二病房時，蘇菲一臉驚恐。

費斯汀查閱了掛在床尾的病歷，伴隨翻閱聲的是一連串沉重的死寂。

「所以這就是今早突然恢復胃口的小男孩，真是可喜可賀的消息，不是嗎？」他向大家說。

精神科醫師急忙吹噓多日來實行的療程有多大的療效。

「那你呢？」費斯汀轉向我，「對於他突然痊癒，你沒有任何解釋嗎？」

「一點都沒有，教授。」我低頭回答。

「你確定？」他堅持。

「我還沒時間研究這名病患的病歷，我一半以上的時間都待在急診部……」

「那麼我們得總結為，是精神科團隊優異地執行了此次任務，並且把功勞都歸於他們囉？」他打斷我問道。

「我想不出任何反對的理由。」

費斯汀把病歷掛回床尾，俯身靠向小男孩。蘇菲和我交換了一個眼神，她氣瘋了。老教授摸摸男孩的頭髮：「孩子，我很高興你好多了，我們會讓你漸進地恢復飲食，同時，如果一切ＯＫ，幾天後我們就會拔除你手臂的針頭，把你還給你家人。」

查房依例是一間病房接著一間病房，查到樓層盡頭時，學生就會解散，各自回到負責的崗位。

費斯汀在我想開溜時叫住我。

「過來一下，年輕人！」他對我說。

蘇菲朝我們走來，介入我們之間。

「教授，我為所有發生的事負起全責，都是我的錯。」她說。

「我不想談論妳所指的錯誤，小姐，同時我建議妳閉嘴。妳應該還有工作要做吧，立刻從我面前消失！」

蘇菲沒等他說第二次，就拋下我孤單地面對教授。

「年輕人，規則，是用來讓你們學會經驗而不至於誤殺死太多病患，而經驗則是讓你們拿來打破規則的。我不追究你究竟如何造就這個小奇蹟，也不管你從何找出蛛絲馬跡。但如果有一天，你願意釋出最大的善意給我隻字片語，我會很高興，我只要求你給我重要的線索就好。不過不是今天，否則我就得處分你，而在我們這行，我屬於結果論那一派。在這期間，你也該在實習醫師國考時考慮小兒科。當我們很擅長某件事時，浪費天分很可惜，真的很可惜。」

說完這些話，老教授沒有跟我道別就轉身離開了。

值班結束，我憂心忡忡地回家。整個白天和黑夜，我都感到一股沉甸甸的不安，但又無法找出這股不安所為何來。

☘

地獄的一周，急診部人滿為患，我的上班時間習慣性延長為二十四小時。

星期六早上我跟蘇菲見面，黑眼圈重到前所未有。

我們約在一個公園，在孩子讓模型小人航行的水池前相會。

一到那裡，她就交給我一只裝滿蛋、醃漬物和罐頭肉醬的籃子。

「拿著，」她對我說，「這是那家人送的，他們昨天把籃子放在醫院給你，但你已經離開了，所以託我轉交。」

「妳保證這罐肉醬不是兔肉！」

「當然不是，是豬肉啦。蛋也都是新鮮的。你要是今晚來我家，我就煎蛋捲給你吃。」

「妳的病人還好嗎？」

「他一天比一天有起色，應該很快就可以康復了。」

我往後倒向椅子，把手枕在頸後，享受著陽光的熱度。

「你到底是怎麼辦到的？」蘇菲問我，「三個心理醫師用盡混身解數想讓他開口，而你才跟他在花園相處不到幾分鐘，就成功……」

我實在太累了，累得無法給出她會想聽的合理解釋。蘇菲是個理性的人，但這正是她在跟我談話的此刻，我最缺乏的東西。在我來不及深思前，話語就從我口中溜了出來，彷彿一股力量推動著我，促使我大聲說出我一直不敢承認（甚至包括對自己承認）的事。

「小男孩什麼也沒告訴我，是他的影子向我吐露了他的痛苦。」

突然間，我從蘇菲眼中認出抱歉的眼神，媽媽曾在閣樓中對我投射的眼神。

她沉默了好一會兒，然後起身。

「不是學業阻止我倆建立真正的關係，」她說，雙唇顫抖著。「時間只是個藉口，真正的原因，在於你不夠信任我。」

「也許這正是信任度的問題，否則的話，妳應該相信我說的。」我回答。

蘇菲走了。我頓了好幾秒，直到聽見內心一個小小的聲音在吶喊著我是白痴。於是我狂奔，追在她身後，一把抓住她。

「我只是比較幸運，就這樣。我問對了問題，我向他吐露自己的童年，問他是否失去過一個朋友，我讓他談論他的父母，從中引導出那隻公兔的故事。總之，差別就在談話的方式……這只是運氣問題，我完全沒有從中感受到光榮。妳為什麼要執著在這一點的重要性上，他正逐漸康復，這才是最重要的，不是嗎？」

「我在這小子的床邊陪了無數個小時，從來沒聽到他發出一絲聲音。而你，你竟然想讓我相信，你在幾分鐘內就能成功的讓他對你述說人生？」

我從未見過蘇菲這麼生氣。

我將她擁入懷中，而我沒有留意的是，這個動作讓我的影子交疊上了她的。

「我根本沒有天分，我什麼都做不好，教授們不斷向我重複這一點。我既不是爸爸夢想中的女兒（不，應該說不是他想要的『兒子』），又不夠漂亮，身材太乾扁（或太胖，針對不同年齡層的標準而異），算是好學生但離優秀的標準很遠……我從來不曾記得從爸爸口裡聽過一句讚美，在他眼中，我從頭到腳沒有一個地方是美好的。」

蘇菲的影子喃喃向我訴說著祕密，讓我覺得和她更親密。我握住她的手。

「跟我來，我要和妳分享一個祕密。」

蘇菲任由我把她帶到白楊樹旁，我們雙雙躺在草地上。在搖曳的樹影下，氣溫微微偏涼。

「我爸爸在一個周六早上離開家，那天我正從學校做完勞動服務回家，因為開學第一個星期就被老師處罰。爸爸在廚房等我，告訴我他要走了。整段童年裡，我都在責備自己，因為我沒有成為一個夠好的兒子、一個讓爸爸願意為我留在家裡的兒子，我花了無數個無眠的夜，搜索枯腸找出所有我可能犯過的錯，想從其中找出我究竟是哪裡讓爸爸失望。我不停告訴自己，如果我是個優秀的孩子、一個能讓爸爸驕傲的孩子，或許他就不會離開我了。我知道他愛上我媽媽以外的女人，但我必須為他在家中缺席扛下責任，因為痛楚是對抗害怕遺忘他的臉孔的唯一方式，也是讓我記得他存在過的唯一方式，更是讓我覺得，我和班上的同學一樣，知道自己曾經有過爸爸。」

「為什麼你現在告訴我這一切？」

「妳希望我們能互相信任，不是嗎？這種一遇到情況失控就恐慌、一覺得失敗就孤立自己的方式……我現在告訴妳這些，是因為不是只有言語能讓人聽懂他人無法說出口的話語。妳的小病人極度孤獨，再放任他日漸衰弱下去，他會變成自己的影子。正是他的悲傷，指引我走進他的心房。」

蘇菲垂下目光。

「我跟我爸爸之間總是有些衝突。」她坦言。

我沒回答，蘇菲抬起頭看著我，我們沉默了片刻。我聽著頭上的鶯啼，彷彿唱出對我的責備，怪我沒有把該吐實的話說完，於是我鼓起勇氣：「我多麼想跟我爸爸建立關係，即使會有衝突磨擦。然而不能因為一個要求過高的爸爸不懂得何謂幸福，女兒就該和他走上同樣的道路。等到有一天妳爸爸病倒了，他就會懂得欣賞妳這份職業的可貴。好了，妳答應要在妳家為我煎蛋捲的承諾還算數嗎？」

☘

蘇菲的小病人沒有出院。在他開始進食的五天後，併發症一一出現，我們被迫再度為他吊點滴。一天夜裡，他的小腸大量出血，急救團隊用盡了一切方法，還是沒辦法挽救他的生命，最後是蘇菲出面，向家屬宣告了他死亡的消息。這個角色通常是由實習醫師擔任，但是當小男孩的父母走進三〇二病房時，她正孤零零坐在空盪盪的病床旁。

得知消息時，我正在花園休息，蘇菲走來找我；我完全找不到適當的字眼安慰她，只好緊緊抱住她。費斯汀教授之前在醫院走廊上不吝給我的建議，此時縈繞在我心頭，面對無力救治的病患和無力安慰的對象，我恨不得敲開費斯汀教授辦公室的門，請求他幫助我，但我什麼都不能做。

跳房子的小女孩站在我們面前，她定定地看著我們，被我們的憂傷撼動。女孩媽媽走進花園，坐在一張長椅上呼喚她，小女孩走向媽媽前，看了我們最後一眼。她的媽媽在長椅上放了一個紙盒，小女孩打開緞帶蝴蝶結，從中拿出一個巧克力麵包，媽媽則拿了咖啡口味的閃電麵包。

「這個周末別排班，」我對蘇菲說，「我要帶妳遠離這裡。」

媽媽在火車站的月台上等我們。我盡全力安撫蘇菲的不安，即使整段車程中，我不斷重複要她不用擔憂，但要見到我媽還是讓她驚慌。她不停地整理頭髮，不是拉整上身的套頭毛衣，就是撫平裙子的皺褶。這是我第一次看到她穿長褲以外的服裝，這種女性化的裝扮似乎讓她不太自在，蘇菲以往的打扮都比較男性化，也為她帶來安全感。

媽媽細膩地先向蘇菲表達歡迎之意，才將我擁入懷中。我注意到她買了一輛小車，是一台沒花多少錢的二手車，但媽媽對它很有感情，還幫它取了個滑稽的小名。我媽就是愛隨隨便便為各種物品命名，我以前還曾經被她嚇到過，因為有一天她小心翼翼地擦拭茶壺，一邊對著它說話，最後把茶壺放回窗檯時，不但祝它有個愉快的一天，還把壺嘴轉向外，讓它欣賞風景。她竟然還常常唸我想像力太豐富。

我們一回到家，上述那只赫赫有名、為了紀念一位年邁阿姨而被命名為「馬瑟琳」的茶壺，再度派上用場，一個淋上楓糖漿的蘋果卡卡蛋糕已經等在客廳桌上。媽媽問了我們上千個問題，都是關於工作時間、煩惱及開心的事，而談論我們在醫院的生活也喚起了她當年工作的回憶。以前從未在晚上回家後跟我談論工作的她，平實描述著她的護士生涯，不過她總是對著蘇菲訴說。

聊天當中，媽媽不斷詢問我們預計留到何時，而終於不再交叉雙腿、挺直背脊的蘇菲這時終於開口營救我，輪到她回答媽媽上千個連珠砲彈問題中的其中幾個。

我利用這個空檔，把行李扛到樓上去。就在我爬上樓梯的瞬間，媽媽叫住我，說她已經為蘇菲準備好客房，並為我的床鋪好全套嶄新的床單，然後她又加了一句，說不定那張床對現在的我而言會太小。我邊笑邊登上最後一階台階。

天氣很好，媽媽提議我們在她準備晚餐時，出外透透氣。我帶著蘇菲探索這座童年的城市，不過也沒什麼東西可以介紹給她。

我們沿著我從前走過無數次的道路走下去，一切都沒變，走過一棵梧桐樹，想起我曾在某個憂鬱的白晝，用小刀在樹皮上刻字。疤痕已癒合，而我當年驕傲題下的句子，已被埋入深深的樹木紋理中：「伊麗莎白好醜。」

蘇菲要我聊聊童年，她是在城市長大的孩子，想到要向她坦承我們星期六的活動就是去超市，這念頭實在讓我高興不起來。當她問到童年每天的活動，我推開一間麵包店的門，向她說：「進來，我讓妳見識見識。」

呂克的媽媽坐在櫃台後方，一看到我，她滑下高腳椅，繞過收銀檯，衝進我的懷裡。

是啊，我長高了？這是當然的啊，也該是長高的時候了。我氣色不好？大概是因為兩頰的鬍子沒刮乾淨吧。沒錯，我真的變瘦了。大城市啊，住在那裡對健康不好。想想看，要是醫學院的學生都病倒了，誰去照顧病患呢？

呂克媽媽高興極了，拿了一大堆她認為我們可能會想吃的甜點給我們。然後她停止說話看著蘇菲，向我拋來一個了然於心的微笑，一副蘇菲很美、我很幸運的神情。

我問她呂克的近況。我的老友正在樓上睡覺，麵包學徒的時間與醫學院學生的時間同樣少得可憐。她請我們在她去叫醒呂克時幫她顧店。

「你應該還知道怎樣接待客人！」她說，然後向我擠了個眼色，消失在門後。

「我們究竟該做什麼？」蘇菲問。

我走到收銀檯後方：「妳要不要吃咖啡口味的閃電麵包？」

呂克到了，頭髮亂得跟打過仗一樣。他媽媽應該什麼也沒跟他說，因為他瞪大了眼睛盯著我瞧。

我看出他比我老得多，同樣氣色不好，大概是因為臉頰上沾到的麵粉。

從我離開後，我們就沒再相見，而這長遠的距離此刻橫亙在我們之間，兩個人都在找尋適當的字眼、任何適合在這個場合的句子。距離已經產生，必須得有人先跨出第一步，即使我們都同樣靦腆。我向他伸出手，他對我展開雙臂。

「混蛋，你這麼久都在哪裡混啊？在我做出一個又一個巧克力麵包時，你搞死了多少個病人啊？」

呂克脫下圍裙，這下他爸爸可得獨自應付麵包了。

我們在蘇菲的陪伴下慢慢散步。不知不覺地，我們竟然默默走上當年友誼開始滋生的路途，在那裡，我們的友誼曾經怒放，繁美如花。

學校鐵柵欄門前，操場靜靜佇立。一株高大的七葉樹樹影下，我依稀瞥見一個笨拙的小男孩在掃落葉，老舊的長椅上已坐了人，我真希望能走進去，一路直直走到工具間去。

我將童年拋在這裡，七葉樹默默見證著，我曾使盡全力逃離童年。在八月中旬，每顆流星劃過天際的瞬間，總是許下同樣的心願，我曾如此祈願脫離這具過於狹窄的身軀，然而，為何在這個午後，我如此想念伊凡？

「我們曾在此做了許多荒唐事啊，」呂克用刻意開玩笑的口吻說，「你還記得我們有多好笑吧！」

「也沒有每一天都這樣吧。」我回他。

「是啊，是沒有每一天都這樣，但還是……」

蘇菲輕咳，倒不是因為她不想再陪我們兩個，而是想趁著太陽下山前的餘暉，到花園走走的念頭誘惑著她。她很確定能找得到路，反正只要直走就對了，而且，她也想趁機陪陪我媽，臨走前，她如是說。

呂克等她走遠了，才吹了聲口哨：「你不無聊嘛，混蛋，我多希望能和你一樣，可以念書，還能騎騎旋轉木馬做做夢。」他說著，嘆了口氣。

「嘿，醫學院可不是遊樂場。」

「現實生活也不是啊，你知道的。總之，我們兩個工作時都穿白袍，也算是有共同點吧。」

「你快樂嗎？」我問他。

「我跟我爸一起工作，每天都這樣也不容易，我學了一技之長，開始賺了點錢，還幫忙照顧我小妹，她長得可真快。經營麵包店滿辛苦的，但我也沒什麼好抱怨了。是吧，我想我是快樂的。」

然而，昔日你眼中熠熠閃耀的光芒卻彷彿快要熄滅。我感到你似乎在怪責我離開，怪我就此拋下你。

「我們一起過一夜，如何？」我提議。

「你媽媽已經好久沒看到你了，還有你女朋友，你要把她晾在哪裡？你們倆交往很久了嗎？」

「我不知道。」我回答呂克。

「你不知道你從何時開始跟她約會？」

「蘇菲和我的感情就像朋友一樣。」我喃喃地說。

事實上，我真的沒辦法回溯我們第一次接吻應該算是什麼時候。某天晚上，我值完班去跟她道別時，我們的嘴唇就這麼滑過彼此，但我得記著問問她，是否她也認為這就算是我倆的初吻。還有一次是我們在公園散步時，我請她吃冰淇淋，當我用手指為她拭去唇畔的巧克力時，她吻了我。或許我倆的友誼就是從那天脫軌的。不過，記得第一次真的有那麼重要嗎？

「你想跟她共築未來嗎？」呂克問，「我指的是比較嚴肅的東西。啊，不好意思，這個問題也許比較冒昧。」他立刻道歉。

「以我們沒日沒夜的時間來說，只要一周能共度兩個晚上，就已經很了不起了。」我回他。

「當然，不過即使沒日沒夜，她還是擠出時間跟你共度周末，還跟你回來這個窮鄉僻壤，這就代表了某種意義。你不該把她丟下跟你媽媽獨處，而在這裡跟老朋友閒話家常。我也希望能有個真命天女，但學校裡的漂亮女孩都離開老家，逃得遠遠的。而且，誰會想跟一個晚上八點睡覺、半夜三更起床揉麵團的人共度一生？」

「你媽媽還不是嫁給了麵包師傅。」

「媽媽不停地告訴我時代變了，即使大家還是要吃麵包。」

「今晚來我家，呂克，我們明天就走了，我希望……」

「不行，我凌晨三點就得開始工作，我得睡覺，否則我沒辦法做好工作。」

呂克，我的老友消失到哪兒去了？你把我們昔日的瘋狂藏到哪兒去了？

「你放棄當市長的夢想了？」

「要搞政治，可得受過一點基本教育啊。」呂克嘲諷地回答。

我們的影子在人行道上拖得長長的。求學期間，我總是小心提防著不要偷走他的影子，即使在幾次非自願的情況下，這種罕見的情節曾經發生，但我都會立刻把影子還給他。從小一起長大的朋友，是神聖不可侵犯的。也許正是想到這一點，我刻意領先他一步之遙，因為太珍惜這個朋友，所以我不想聽到任何他不想對我說出口的祕密。

呂克完全沒看出端倪，雖然在我身前的影子已經不再是我的，但他又如何能相信？我們的影子現在看起來身形相當。

我在麵包店門前與老友道別。他再次擁我入懷，告訴我他多麼歡喜能再見到我。我們真應該三不五時互通電話的。

呂克堅持要送我一盒甜點帶回家，他捶著我的肩膀說，這是為了讓我回憶昔日的美好時光。

☘

晚餐中，媽媽和蘇菲主導談話內容。媽媽個性謹慎，她問蘇菲的問題都與我的生活有關。蘇菲則問她我是個怎樣的孩子。別人在你面前談論關於你的話題，真的讓人很不自在，尤其兩個主角還裝作一副忽視你就在她們身邊的樣子。媽媽直說我是個安靜的小男孩，但她略過我曾在童年經歷了那麼多事情。她稍稍停頓了一下，宣稱我從未讓她失望。

我喜歡看著圍繞媽媽嘴角與眼周的細紋，我知道她很討厭皺紋，但這些細紋卻讓我覺得心安，我從她臉上讀到我們相依為命的痕跡。回到這裡，或許我想念的並不是我的童年，而是我媽、我們相依的時光、星期六午後的超市生活、一起分享的晚餐、偶爾相對無言卻更能感受彼此的親密，很多夜裡她都到我房間陪我，她會靠在我身旁，把手滑進我的髮中……光陰轉瞬即逝，這些最單純的瞬間，卻雋永地牢牢銘刻在我們心底。

蘇菲向媽媽談起她無力救回的小男孩，談起全心付出後，卻得在面臨挫敗時，抵禦悲傷的艱難。媽媽則回應她，面對孩子，要放棄急救得承受更大的痛苦，有些醫生或許調適得比較快，但她認為，對每一位醫師而言，失去一名病患的痛苦是一樣的。我也曾自問過，我選擇讀醫科，會不會只是期望著有一天能治癒媽媽人生中的大小傷痛。

晚餐過後，媽媽悄然退席，我帶著蘇菲走向屋後的花園。夜色溫柔，蘇菲把頭靠在我的肩上，謝謝我將她帶離醫院幾個小時。我則為媽媽的嘮叨向她致歉，抱歉沒能帶她度一個親密的周末。

「你還能找到比這裡更能讓我們親近的地方嗎？我跟你談了上百次我的事，每次都是你聽我說，但卻什麼都不告訴我。今晚，我感覺到好像稍稍彌補了一些落差。」

月娘升起，蘇菲提醒我今晚是滿月。我抬起頭看著屋頂，石棉瓦在月下閃閃發亮。

「走，」我對她說，牽起她的手，「別發出聲響，悄悄跟我走。」

到達閣樓，我請蘇菲蹲低身子，好從屋頂下鑽進去。並肩坐在天窗下時，我吻了她。我們在上面待了很久，聆聽著包圍我們的靜默。

睡意席捲蘇菲，她和我道了晚安。在闔上閣樓的掀門時，她對我說，如果我的床太小，我可以到她房裡和她共枕。

☘

屋裡再也沒有聲響。我打開一個紙盒，在童年珍寶中挖掘之際，我突然有種奇怪的錯覺，彷彿我的手縮小了，彷彿一個被我揚棄已久的宇宙，又在我周遭重組。幾道月光掠過木地板，我恍然起身，頭卻撞上一根梁柱，跌回現實。然而，在我身前卻出現了一抹影子，影子漸漸拖長，細微得有如一抹筆跡，它爬上行李箱，我幾乎以為它就坐在那裡。它看著我，挑釁地等著我先開口。我也僵持著。

「你終於還是回來了，」影子對我說，「我很高興你在這裡，我們都在等你。」

「你們在等我？」

「這是當然的，我們知道你遲早會回來。」

「我到昨天都還不知道我今晚會出現在這裡。」

「你以為你出現在這裡是偶然嗎？那個玩跳房子的小女孩是我們的密使，我們需要你。」

「你是誰？」

「我是班代表，即使這個班已經四散，我們還是持續關注你，影子老去的方式和人不同。」

「你們對我有什麼期待？」

「他曾幫你從馬格的魔爪下逃離了多少次？你記不記得他如何用大量的笑話、大量的歡樂，來填補你的孤寂時刻？還有他陪你從學校走回家的午後時光，你們一起共度的美好時光？他曾是你最好的朋友，不是嗎？」

「你幹嘛跟我講這些？」

「有天晚上，在這閣樓裡，你看著我送你的照片問著：『這些愛都消失到哪裡去了？』現在，換我問你同樣的問題，你為這份友誼付出了什麼？」

「你是呂克的影子？」

「你跟我以『你』相稱，不就表示你知道我是誰的影子嗎。」

月亮朝天窗右邊偏移，影子從行李箱上悄悄滑向木地板，身形越來越纖細。

「等一下，先別走，我該做什麼？」

「幫助他改變人生，帶著他跟你一起走。要記得，過去你們兩個人中，想要當醫生的人是他。一切還來得及，當我們喜愛某樣事物時永遠都不會嫌晚，幫助他成為他應該成為的人。你一向最懂他的。很抱歉我得不辭而別，但時間稍縱即逝，我也沒有選擇。再見。」

月亮已經完全偏離天窗，影子在兩個紙箱之間隱去。

我關上閣樓的掀門，走到蘇菲房裡，我滑進她的床，她偎向我再度沉沉睡去。我在黑暗中睜著眼睛躺了許久，雨開始落下。我聽著雨滴敲在石棉瓦的滴答聲，和野薔薇園籬裡傳來的樹葉沙沙聲，這幢屋子夜裡的每一種聲響，都讓我覺得如此熟悉。

蘇菲醒來時應該已經九點，幾個月來我和她都不曾睡過這麼久。

我們下樓到廚房，一個驚喜正等著我們：呂克和媽媽坐在餐桌前聊天。

「通常這個時間我已經睡了，但我不能還沒道別，就讓你們離開。拿著，我幫你們帶了些小東西，我今天一早想著你們時，特地烘培了一爐特製麵包。」

呂克遞給我們一個裝滿可頌和牛奶麵包的竹籃，麵包都還是溫熱的。

「如何？」他溫柔的問，邊看著蘇菲享用。

「嗯——這是我吃過最好吃的牛奶麵包，我從來沒吃過這麼好吃的。」她回答。

媽媽抱歉說要先告退，她還有花園的園藝要處理。

蘇菲又抓了一個可頌。我從呂克的眼中看出，我女朋友的好胃口為他帶來很大的滿足感。

「我的兄弟是個好醫生嗎？」他問蘇菲。

「他不算是脾氣超好的醫生，不過，他以後一定會是個好醫生。」她說，嘴巴吃得鼓鼓的。

呂克想知道我們在醫院的生活，他要全盤瞭解。當蘇菲告訴他我們每天的例行公事時，我看得出來他有多嚮往這樣的生活。

接著換蘇菲問他我們昔日的荒唐事蹟，那些學校鐵柵欄後的青春往事。呂克不顧我向他拋去的眼神，逕自向蘇菲談起我碰上馬格的悲慘遭遇、更衣室的櫃子情節、他如何幫助我每年贏得班長選舉，甚至連工具間的火災事故都講了。在高談闊論之間，呂克的笑聲又變回當年的他，如此率真，如此有感染力。

「你們幾點離開？」他探問。

蘇菲午夜當班，我則是隔天早上，我們坐中午過後的火車回去。呂克打著呵欠，努力對抗疲倦，蘇菲上樓收拾行李，只剩下我們兩個人。

「你還會回來嗎？」呂克問我。

「當然。」我回答。

「試著挑星期一回來，如果你可以的話啦。麵包店星期二休息，你還記得嗎？這樣我們就能一起共度一個真正的夜晚，我會很開心。我們這次相處的時間不多，我希望你繼續跟我聊一些你在那邊的事情。」

「呂克，你為什麼不跟我一起走？為什麼不去試試機會？你以前一直夢想要讀醫學院。在申請到獎學金前，我可以幫你在醫院找份擔架員的工作糊口，你也不用擔心房租的問題，我租的套房雖然不大，但我們可以一起住。」

「你要我現在重拾學業？你要向我提議也該早在五年前啊，老兄！」

「就算你比同屆的晚了一點，又有什麼關係呢？你看過有人去看病時會問醫生的年齡嗎？」

「我會跟比我年紀小很多的人同班，我可不想成為班上的馬格。」

「那就想想所有會拜倒在你成熟魅力之下的伊麗莎白吧。」

「那是當然，」呂克一臉陶醉地回應，「從這個角度來看的話……喂，不要再讓我作夢了。這樣幻想幾分鐘，我會覺得很棒，但是等到你搭上火車走了，我會更難過。」

「你到底在裹足不前什麼？想想看，這可是攸關你的人生啊。」

「還攸關我爸、我媽和我妹的人生，他們都需要我。一輛只有三個輪子的車子，注定會摔進溝裡翻車。你沒辦法體會什麼是一個家庭。」

呂克低下頭，把鼻子埋進咖啡碗裡。

「對不起，」他說，「我不是有意這樣說。兄弟，事實是，我爹不會讓我離開，他需要我，我是他老來的依靠，他指望我在他老到沒辦法在夜裡起床時，接手麵包店。」

「二十年後，呂克！你爸要二十年後才會那麼老，而且還有你妹妹，不是嗎？」

呂克爆出一聲大笑。

「哈哈，我還真想看到我爸教會她做麵包，是她指揮我爸還差不多。他從不對我讓步，我妹卻能把他耍得團團轉。」

呂克起身，朝門口走去。

「你知道的，我真的很開心再看到你，希望你儘快回來，不要再讓我等這麼久。總之，即使你某天成為大教授，即使你住在大城市高級地段的豪宅裡，你的家，永遠都在這裡。」

呂克給我一個大擁抱，準備離開。當他走到門口時，我叫住他：「你幾點開始工作？」

「你問這個幹嘛？」

「我也在夜間工作，如果我知道你的工作時間，那我在急診時，就不會覺得孤單。我只要看著時鐘，就能想像當下你在做什麼。」

呂克用一種荒謬的神情看著我。

「你問過我，我們在醫院裡做些什麼，該換你告訴我你在烘培坊裡的生活了。」

「凌晨三點開始，我們製作主麵團，要把麵粉、水、鹽和酵母充分合勻，麵團才會發得好。第一次揉勻後，要讓麵團發酵，使酵母在麵團裡產生作用。凌晨四點左右，在等待麵團膨脹的靜置期間，我們可以休息一下，天氣暖和的話，我會打開正對麵包店後面小巷的門，在門口擱上兩張椅子，爸爸和我就能坐著喝杯咖啡。通常這時我們不太交談，我爸總藉口說不可以製造噪音，要讓麵團休息，但主要是他要休息，現在的他很需要這片刻的小憩。喝完咖啡，我會讓他待在椅子上、背靠著石牆睡一會兒。我則進屋去把碎屑打掃乾淨，再把放麵包的麻布鋪好。

「爸爸進來時，我們會準備做二次發酵。我們把麵團切成等分、加工塑形、用小刀片輕刮每個麵包，讓它們看起來有漂亮的裂痕，最後就放進烤爐。

「每個夜裡，我們重複同樣的功夫，每一次都有不同的挑戰，結果從不相同。天氣冷時，麵團要花較多的時間才能發酵，必須再加入熱水和酵母菌；天氣熱時要加入冰水，否則麵團會乾得太快。每個步驟都一定要全神貫注，才能做出好麵包，不論外面天氣如何。麵包師傅討厭下雨，這會延長工作的時間。

「六點鐘，早上第一爐麵包出爐，我們等麵包稍稍冷卻，就送到麵包店。大致流程就是這樣。不過啊，兄弟，你要是以為光靠我跟你說這些就能當上一名麵包師傅，那你就大錯特錯啦。記住，這就像我沒辦法憑著你描述的醫院生活，就能當上一名醫生一樣。好了，我真的得去睡了，幫我和你媽吻別，尤其是你的女朋友。她看著你的神情真的美呆了。你很幸運，我真心為你高興。」

呂克離開以後，我走到花園裡找媽媽，她正蹲在玫瑰花叢前，之前的雨把花兒打得東倒西歪，她正小心翼翼把花扶正。

「我的膝蓋好痛啊！」她邊站起來邊呻吟，「你的氣色比昨天好多了，你真該多待幾天，好好恢復精力。」

我沒回答，只顧看著妳對我微笑的眼睛，妳可知道，我多麼希望妳能像小時候要向學校請假那樣，幫我出具一份請假證明，就像妳從前能原諒我所有的一切，保括缺席。

「你們兩個很相配。」媽媽挽著我的手對我說。

因為我一直沒接話，她就繼續自言自語。

「否則你昨晚也不可能帶她去你的閣樓。你知道嗎，我聽得到屋子裡所有聲音，我向來都聽得到。你離家以後，我有時會爬上去，很想你的時候，我會推開閣樓的掀門，坐在天窗前。不知道為什麼，但待在那上面，我覺得你離我更近，彷彿透過窗戶看出去，我就能感受到在遠方的你。我已經很久沒有上去了，就像我剛才跟你說的，我的膝蓋很痛，而要在那些雜物堆中前進，得要手腳並用爬行。哎喲，別擺出那表情，我保證，我從來沒有打開過你的紙盒。你媽媽有很多缺點，但可不是個冒失鬼。」

「我沒有責怪妳。」我對她說。

媽媽用手撫著我的臉：「要對自己誠實，尤其是對她；如果你感受到的不是愛情，就別讓人家有期待，她是個好女孩。」

「幹嘛跟我說這個？」

「因為你是我兒子，而我瞭解你就跟從前一樣。」

媽媽要我去找蘇菲，她則繼續修剪玫瑰。我上樓走到房裡，蘇菲支著肘倚在窗邊，眼神空洞。

「如果我讓妳一個人回去，妳會不會怪我？」

蘇菲轉過身。

「課堂的話，我可以幫你抄筆記，不過你星期一晚上要值班，我沒記錯吧？」

「沒錯，這就是我要請妳幫的第二個忙。能不能請妳跟上司說我生病了，不嚴重，只是咽峽炎，但我想休養以免傳染給病患。我只需要二十四小時的時間。」

「我不會怪你，你很少看到你媽媽，多陪她一晚她一定很開心。而且我自己坐車回去，就有更多時間可以幫你想一個更有說服力的理由。」

媽媽很開心我比預期中晚一點回去。我向她借了車，送蘇菲去火車站。

蘇菲在我臉上親了一下，登上車廂前又給我一個調皮的微笑。火車車窗是封閉式的，我們沒辦法像從前那樣，透過開放的車窗大聲道別。列車啟動，蘇菲用手向我比了個手勢，我在月台上一直待到最後一節車廂的車燈在眼前消失。

「發生什麼事了？」我一回到家，媽媽就憂心忡忡地問我。

「沒事，妳在擔心什麼？」

「你把回程時間延後，又拋下女朋友，難道只為了多陪媽媽一晚？」

我坐到媽媽身邊，和她一起在餐桌前坐下，握住她的手。

「我想妳。」我對她說，在她額頭輕輕一吻。

「好吧，我希望你晚點會願意告訴我你在忙些什麼。」

我們在客廳晚餐，媽媽準備了我最愛吃的菜——火腿貝殼麵，就像從前一樣。她坐在我旁邊的沙發，看著我大快朵頤，卻完全沒動餐具。

我正準備要收拾餐桌時，媽媽握住我的手阻止我，說碗盤可以晚點再洗，她問我願不願意邀請她到我的閣樓去。我陪她走到頂樓，爬上梯子，推開閣樓的掀門，然後我們一起在正對天窗的位子坐下。

我猶豫了片刻，才開口問出長久以來一直哽在喉嚨、不吐不快的問題：「妳從來沒有爸爸的消息嗎？」

媽媽皺了皺眉。我從她眼中再度看到護士的眼神——那種她要看穿我是否隱瞞了某些事，或是要看透我是否只為了逃避歷史課或數學課的小考，而推托說生病了的眼神。

「你還常想著他嗎？」她問我。

「每當急診部出現大約是他歲數的男人，我總會擔憂，我害怕那可能是他，而我每次都會自問，如果他沒有認出我，我會怎麼做。」

「他一定馬上就會認出你。」

「那他為何從不來看我？」

「我花了很長的時間才原諒他，也許太久了。這讓我當初脫口說了一些讓我後悔的話，但那是因為我還愛著他。我從未停止愛你爸爸。當愛恨交織時，人會做出可怕的事情，一些之後會自責不已的事情。我最不能忍受的不是他離開了我，我最終接受我得為此負上部分責任。但最讓我絕望的，是想到他在另一個女人身邊會過得幸福。我曾如此怨恨你爸爸，因為我愛他如斯之深。我必須向你坦白，我知道跟你說這些，會讓你覺得媽媽是個過時的女人，但他是我唯一交往的男人。如果我現在再遇到他，我會謝謝他送給我世上最寶貴的禮物：你。」

這段話，不是媽媽的影子告訴我的祕密，而是她的心底話。

我把她擁向我，告訴她我愛她。

生命中某些珍貴片刻，其實都來自於一些微不足道的小事。如果我今晚沒有留下來，我想我永遠不會與母親有此番深談。與母親一起離開閣樓後，我最後一次踱回天窗底下，默默感謝我的影子。

☘

我事先調好了凌晨三點的鬧鐘，起床著衣完畢後，我躡手躡腳地離開家，走上通往學校的道路。這個時刻，整個城市如同一片荒漠。麵包店的鐵窗遮住了櫥窗，我走過去，悄悄轉進相鄰的小巷。微光中，五十公尺外，一扇小木門靜靜挺立，我盯著，等了很長一段時間。

四點鐘，呂克和他爸爸從烘培坊走出來，正如他向我描述的，我看到他倚牆放了兩張椅子，他爸爸坐在前面，呂克幫他倒了杯咖啡，然後兩個人就待在那裡，一言不發。呂克爸爸喝完咖啡，把杯子放在地上，就閉上了眼睛。呂克看著他，嘆了口氣，撿起爸爸的杯子，走回烘焙坊去。這正是我等待的時刻，我鼓足勇氣，向前走去。

呂克是和我一起長大的朋友，是我最好的密友，然而奇怪的是，我幾乎不認識他爸爸。每次我去他家，我們都得輕手輕腳不發出聲響，這個夜裡醒來、下午沉睡的男人讓我害怕，我想像他如鬼魅一般，只要我們從功課上分心抬起頭，他就會在我們頭上飄來飄去。我從來不曾好好認識過這名麵包師傅，卻得將一部分勤勉向學、讓我得以逃過幾次雪佛太太精心分配的處罰，歸功於他；沒有對他的恐懼，我無法準時交出那麼多作業。今夜，我終於要與他面對面，頭一件要做的事就是叫醒他，並且自我介紹。

我擔心他會嚇得跳起來，引起呂克的注意，於是敲了敲他的肩膀。

他微瞇著眼睛，看起來沒有太過驚嚇，而最讓我驚訝的是，他對我說：「你是呂克的哥兒們，不是嗎？我認得你，你成熟了一點點，不過沒變多少。你的好朋友在裡面，你可以去跟他打個招呼，不過我希望不要太久，工作還多得很。」

我向他坦承我不是來找呂克的。麵包師傅盯著我好一會兒，然後起身，向我比了個手勢，要我到較遠的巷子等他。透過微敞的烘焙坊木門，他大聲向兒子說他得去活動活動雙腿。接著，他就來和我會合。

我們走到巷子另一頭，呂克爸爸沒有打斷我，聽我把話說完後，大力握了握我的手，對我說：「你現在可以滾了！」

然後他頭也不回地離開。

我垂頭喪氣地回家，氣憤自己把託付的任務搞砸了，這還是頭一遭。

☘

回到家，我小心翼翼在不發出聲響的情況下旋開鎖孔。功虧一簣，燈光亮起，媽媽身著睡衣，站在廚房門口。

「其實，」她對我說，「以你這個年紀，已經不需要偷偷摸摸翻牆出門了。」

「我只是隨處走走，我睡不著。」

「莫非你以為我沒聽到你稍早的鬧鐘聲？」

媽媽打開瓦斯，在爐上燒開水。

「現在再回床上睡太晚了，」她說，「坐下吧，我幫你煮杯咖啡，你則告訴我為什麼多留一夜，尤其要談談你在這種時間，到外面做了什麼。」

我在桌前坐下，向她述說了與呂克爸爸的會面。

當我說完了我失利的出征經過，媽媽把雙手放在我的肩上，定定望進我的眼睛裡。

「你不能這樣干涉別人的人生，就算是為了對方好。如果呂克知道你去見了他爸爸，說不定會怪你。這是他的人生，而只有他一個人能決定他的人生。你必須順應事實，放手成長，你沒有必要醫治好在成長路上與你擦身而過的每個人，即使你成為最頂尖的醫生，也做不到這樣。」

「那妳呢？這不是妳終其一生所努力的嗎？妳每天晚上疲累不堪的回家，不就是為了這個原因嗎？」

「親愛的，」她邊說邊起身，「我想你遺傳了你媽媽的天真和你爸爸的固執。」

我搭早晨第一班火車，媽媽送我去車站。在月台上，我向她保證很快就回來看她。她笑了。

「你小的時候，每晚我幫你關燈時，你都會問我：『媽媽，明天什麼時候才會來？』我回答你：『不久後。』每次闔上你房門，我都確信這個答案並沒有說服你。到了你我這個年紀，我們的角色互換了。好了，『不久後見』。我的小心肝，好好照顧自己。」

我登上車廂，從車窗中看著媽媽的剪影隨距離淡去，火車已走遠。

從家裡回來十天後，我收到媽媽的第一封信，就像她以往的每一封信一樣，她詢問我的近況，期盼很快收到我的回音。通常我會在回來好幾周後，才有動力提筆滿足媽媽的期望。成長中的子女出於一種近乎純然的私心，對父母總是不太熱絡。我對此感到分外歉疚，於是把媽媽所有的信收進一個盒子裡，擺在書櫃的層板上，代表我的心意。

蘇菲和我自忙裡偷閒回來後，幾乎沒有見面，甚至沒有一起過夜。在我童年家中小住期間，有一條隱形線橫亙在我倆中間，不論她或我，都無力成功跨越。不過當我執筆寫信給媽媽時，我還是在文末寫上蘇菲向她獻上親吻作為問候。編造這個謊言的隔天，我在蘇菲值班時去找她，向她坦承我想念她。次日，她接受我的邀約一起去看電影，但散場後，她選擇獨自回家。

一個月來，蘇菲任由一名小兒科實習醫師追求，並決定為我倆曖昧不明的關係（或許應該說是為「我」不確定的態度）畫下休止符。得知有別的男人威脅著要奪取不確定是否屬於我的所有物，讓我十分惱火，我卯足全力要贏回她。於是，兩星期過後，我倆的身軀裹在我的床單裡，我已趕走了入侵者，生活重新回到軌道，笑容也重回我的臉上。

九月初，經過長時間的值班後回到家，我在樓梯間發現了一個天大的驚喜。

呂克坐在一個小手提箱上，神色不安卻又一臉喜悅。

「我等了你好久，混蛋！」他邊說邊站起來，「我希望你家有東西可以吃，因為我快餓死了。」

「你怎麼會在這裡？」我問他，一邊打開套房的門。

「我老爸把我趕出來了！」

呂克脫下外套，跌入室內唯一的一張扶手椅。我為他開了一罐鮪魚罐頭，並在行李箱上鋪上餐巾和餐具，權充矮桌，呂克則熱烈地述說經過。

「我不知道我家老頭怎麼了。你知道嗎，你離開的那天凌晨，在麵團膨脹的靜置期過後，我很驚訝他竟然沒有回到烘焙坊，我以為他睡著了，甚至還有點擔心跟你說了全部實情。沒想到當我打開正對小巷的門時，他正坐在椅子上哭泣，我問他發生了什麼事，他不想回答，只喃喃說著是因為疲憊所致，還要我忘記剛剛看到的景象，並且什麼都別跟我媽說。我答應了他。但從那天開始，他就變了；通常，他在工作時對我很嚴厲，我知道這是他要教我學好這份工作的方式，我不怪他，並且我知道爺爺當年也沒讓他輕鬆過。但從那天之後，他就對我越來越好，近乎慈愛；當我為麵包塑形卻失誤時，他竟然沒有斥責我，而是走到我身邊，重新示範給我看，並且每次都對我說『沒關係』，還說他也曾失誤過。我向你發誓我完全一頭霧水。有天晚上，他甚至把我擁入懷中，我差點以為他瘋了，而我之所以完全不能置信的原因是，他前一天才像辭退一個學徒般解雇了我；清晨六點，他盯著我的眼睛，跟我說我之所以如此笨拙，是因為我不是當麵包師傅的料，與其浪費我的時間和他的時間，我更應該到城裡試試機會。他還說我過去只有這條路可選，是因為在當時，這是大家以為幸福的方式，他對我說出這些話時，還一副生氣的樣子。午餐時，他向我媽宣布我將離開家，而他當天下午要關店。晚上在餐桌上，沒人開口說一句話，媽媽哭個不停。最後下了餐桌，她還是淚眼汪汪，我每走進廚房一次，她就走過來抱住我，還悄聲說她已經很久不曾如此快樂。我媽媽竟然因為我爸把我掃地出門而喜極而泣……我跟你保證，我爸媽一定是瘋了！我看了日曆三次，確定當天不是四月一號愚人節。

「早上，我爸到我房裡找我，要我換好衣服。我們坐上他的車，車子開了八個小時。八個小時不曾交談，除了中午他問我餓不餓以外。我們傍晚抵達，他把我放在這棟建築物門口，告訴我你就住在這裡。他到底是怎麼知道的？不過我也管不了那麼多！他下了車，從後車廂拿出我的袋子，放在我腳下，然後交給我一個信封，跟我說這雖然只是一點小數目，但已經是他能給我的極限，有了這點錢，我應該可以撐一段時間。然後他就坐回駕駛座，開車離去。」

「沒再跟你多說別的？」我問。

「有啦，就在發動車子前，他向我宣告：『你要是發現你當醫生跟當麵包師傅一樣蹩腳，那就回家來，這一次，我會好好把手藝傳給你。』你能從中領悟出什麼嗎？」

我開了我唯一的一瓶酒——這是蘇菲送我的禮物，不過我們沒有在她送我的當晚喝掉——倒了兩大杯。乾杯之際，我向呂克宣稱：不，我完全沒有從他爸爸的話中領悟出任何事情。

☘

我幫忙好友填寫完所有註冊醫學院一年級的必要表格，我陪著他到行政辦公室，在那裡，他貢獻了他爸爸給他的一大部分資助金。

課程從十月開始，我們會一起去上課，當然不是肩並肩坐在同一間教室，但我們可以不時在院區的小花園相見。縱然沒有七葉樹也沒有籃球框，但我們會很快重塑起屬於我們的下課時光。

我們頭一次在小花園相聚時，我向他的影子道謝。

☘

呂克住在我家，我們的同居生活再容易不過，因為我們的時間完全相反。他在我值夜班時獨享我的床鋪，在我返家時出去上課。少數幾次我們共居在套房時，他就把被子鋪在窗邊，把毯子捲成球狀當枕頭，然後像隻睡鼠般蜷曲著睡。

十一月，他向我坦承迷戀上一名常常一起複習功課的女同學；安娜貝拉比他小五歲，但他發誓她比同齡的女生更有女人味。

十二月初，呂克請我幫他一個大忙。於是當天晚上，我敲了蘇菲的門，她在床上迎接我。呂克和安娜貝拉的關係把我向蘇菲推近，我越來越常在她家過夜，安娜貝拉則越來越常在我家過夜。每個星期日晚上，呂克會在我的套房裡重啟爐灶款待我們，讓我們享用他的糕點手藝，我已經數不清我們吃掉了多少鹹派和餡餅。晚餐最後，蘇菲和我會讓呂克和安娜貝拉親密地「溫習功課」。

我從入夏以來就沒有再見到媽媽。她取消了秋季的探訪行程，因為她覺得很累不想旅途奔波。她在來信中寫道，房子就像她一樣，都老了，她開始重新粉刷，而揮發劑的味道讓她不舒服。她在電話中一再向我保證，要我完全不用擔心，直說休息幾個星期就會沒事。她還要我承諾聖誕節會回去看她，而聖誕節已經近在眼前。

我早就買好了送她的禮物，取了預訂的火車票，並且協調好十二月二十四日當天不值班。然而一名公車司機和地面上的薄冰毀了我的計畫。根據目擊者表示，因為失控打滑，巴士先撞上護欄，然後側翻倒地，車內四十八名乘客受傷，十六名乘客被拋到人行道上。當我的呼叫器在床頭櫃上響起時，我正在準備行李，我致電醫院，所有見習醫師都被動員了。

急診室的大廳陷入一團混亂，護士忙得不可開交，所有的急診檢查間都被占滿，四面八方都有人跑來跑去。傷勢最嚴重的傷患等著被輪流推進手術室，傷勢較輕的則得在走廊的擔架上耐心等候。身為擔架員，呂克在不斷抵達的救護車及調度室間穿梭，這是我們第一次一起工作。他臉色蒼白，每次他從我面前經過，我都小心地注意他。

當消防隊員交給他一名脛骨和腓骨都從小腿肚上垂直叉出的男人，我看到他轉向我，臉色發青，慢慢滑向自動門，然後癱倒在棋盤狀的地磚上。我衝過去扶起他，把他安置在觀察室的椅子上，讓他慢慢恢復神智。

這場風暴持續了大半夜，到了清晨，急診室就像大戰過後數小時的軍醫院，滿地都是血污和紗布。一切歸於平靜後，急診團隊忙著讓一切歸於正軌。

呂克還坐在我先前安置他的椅子上。我走到他身邊坐下，他把頭埋進雙膝間，我強迫他抬起頭看著我。

「都結束了，」我對他說，「你剛剛從水深火熱的初體驗中活了過來，而且和你想的不同，你算是挺過來了。」

呂克嘆了口氣，他環顧四周，又衝到外面去大吐特吐。我緊跟著他，以便隨時給他支援。

「你剛剛說我算是挺過來了是什麼意思？」他背倚著牆問我。

「這是個該死的恐怖聖誕夜，我向你保證你表現得很好。」

「你要說的是我像個廢物吧？我先前不但昏倒了，剛剛還吐了。對一個醫學院的學生而言，我想這大概是最好的噱頭了吧。」

「我告訴你，第一天進解剖室我就昏倒了，這樣你應該安心了吧。」

「謝謝你的預告，我的第一堂解剖課在下星期一。」

「你看著吧，一切都會順利度過的。」

呂克投來灼熱的眼神。

「不，什麼都不對勁，我過去捏的是麵團，不是活生生的血肉；我過去割開的是麵包，不是沾滿血的襯衫和長褲，尤其我從沒聽過奶油麵包瀕臨死亡時的悲鳴，即使我往它頭上扎上一刀。老友啊，我真的在自問是否適合這一行。」

「呂克，大部分醫學院的學生都會遇到同樣的疑惑，你會隨著時間而漸漸習慣的，你無法想像照顧好一個病人會帶來多大的滿足感。」

「我以前就用巧克力麵包來照顧好許多人，而且我向你保證，這招每次都會見效。」呂克邊回答邊脫下白袍。

當天稍晚的時候，我在家裡遇到他，他一貫生著悶氣，把手提袋裡的東西清空，把衣物放回他專用的五斗櫃抽屜裡去。

「這是我小妹第一次過沒有我陪在身邊的聖誕節，我該怎樣在電話裡向她解釋我得缺席？」

「實話實說，老友，告訴她你這一夜是怎麼度過的。」

「對我十一歲的妹妹？你難道就沒別的提議了嗎？」

「你貢獻出聖誕夜救助不幸的人，你認為你的家人還能責怪你什麼？而且，你原本說不定會搭上這班失事的巴士，就別再抱怨了吧。」

「我原本說不定已經在家了！我受夠了這裡，受夠了這座城市，受夠了階梯大教室，受夠了這些得日以繼夜生吞活剝的教科書。」

「也許你該告訴我究竟哪裡出了問題？」我問呂克。

「安娜貝拉，這就是問題所在。我過去總夢想著跟一個女人來段風流韻事，你沒辦法想像我有多渴望，每次我爸叫我回神，都是因為我在神遊太虛，幻想著某個女生。好了，現在事情發生了，我卻只有一個渴望——恢復單身。我甚至會怪你不肯好好投入、維繫跟蘇菲的感情。我第一次看到她是在你媽媽家，我還跟自己說，這真是一朵鮮花插在牛糞上。」

「謝謝你。」

「我很抱歉，但我看得很清楚，你根本不在乎她，一個這麼好的女孩子，實在太過分了。」

「你是在暗示我你愛上了蘇菲？」

「別傻了，如果真是這樣，我才不會用暗示的。我只是要告訴你，我越來越搞不清楚了，我厭倦了安娜貝拉，她一點兒也不風趣，還自視甚高，自以為高我一等，只因為我是在鄉下長大的。」

「發生了什麼事讓你有這樣的感受？」

「她回家跟家人過節。我原本向她提議過去找她，但我深深感覺到，她並不想把我介紹給她的父母。我們不是同一個世界的人。」

「你不覺得你有點誇張了嗎？她也許是害怕事情就此被認定下來呢？把某個人介紹給家人，這可不是件小事，畢竟這象徵了某種意義，在一段關係中算是一大進展。」

「你帶蘇菲去見你媽時，就考慮到了這些？」

我默默看著呂克。不，我當時是自發地向蘇菲提議和我一起回家，我並沒有想到這一切，而我現在才想到她當時應該從中得出的推論。我的自私和愚蠢解釋了入秋以來她對我保持的距離，而我卻完全沒有向她提議共度聖誕。我們友情般的愛情已經褪色，我卻是唯一沒有察覺到的人。我丟下呂克與他的悶悶不樂，著急地衝向電話打給蘇菲。沒有人接。莫非她是看到我的來電號碼，而不願意接起電話？

我打給媽媽，為我的失約道歉。她要我別擔心，她完全能體諒。她向我保證，我們交換禮物的儀式可以延後舉行，她會盡力把春季的旅行提前，二月就來看我。

☘

元旦當晚是我值班，我本來是用這一夜換取聖誕夜的空閒，卻沒想到吃了悶虧。呂克已經跳上回家的火車，要和家人會合，而我一直沒有蘇菲的消息。我坐在急診室大門旁的椅子上，等著第一批尋歡作樂之徒在狂歡過後來我這裡報到。這一夜，我有了一番奇遇。

老婦人在晚上十一點由消防隊員送來急診，她躺在擔架上，愉悅的神情讓我很驚訝。

「什麼事讓您心情這麼好？」我問她，一邊測量她的血壓。

「很難解釋，你沒辦法理解。」她冷笑著回答我。

「給我個機會試試看嘛！」

「我保證，你一定會以為我瘋了。」

老婦人從擔架上坐起身來，仔細看著我。

「我認得你！」她大叫。

「您應該認錯人了。」我對她說，同時思考著必須要幫她做進一步掃瞄。

「你呀，你正自忖我是個老糊塗，還想著是不是該幫我做個檢查。然而，我們兩人中最糊塗的其實是你呀，親愛的。」

「如您所言！」

「你住在五樓右邊，而我，正好就住在你樓上。所以囉，年輕人，我們兩個之間，究竟誰比較糊塗啊？」

自從進入醫學院以來，我就擔心著某天會與爸爸在相同情況下重逢，但這一晚，我遇上的是我的鄰居，場景不是在大樓的樓梯間，而是在急診室。我已經搬到那裡五年了，五年來，我聽著她的腳步聲在頭頂來來去去、早晨她熱水壺的哨音，和她打開窗戶的吱吱聲，而我從來沒有想過是誰住在那裡，也不曾幻想過這個日常生活與我如此貼近的人長什麼模樣。呂克說得對，大城市讓人抓狂，它榨乾你的靈魂，又像吐口香糖般把它吐出來。

「別那麼拘謹，大孩子，不要因為我幫你代收過兩、三次包裹，就覺得欠我的情，應該要來拜訪我。我們在樓梯間擦肩而過好幾次，但你上樓的速度太快，就算你的影子要追著你跑，你也會把它甩在某一層樓。」

「您說的實在太有趣了。」我邊回答邊用燈觀察她的瞳孔。

「哪裡有趣？」她很驚訝，一邊閉上眼皮。

「沒事。或許您可以告訴我是什麼事讓您這麼開心？」

「才不要，現在我知道你是我鄰居，我就更不想說了。說到這，我想請你幫我一個忙。」

「請說。」

「你如果能建議你的朋友在和女友翻雲覆雨時壓低聲量，我將不勝感激。我對年輕人的遊戲沒有意見，但到了我這個年紀，唉，我們的睡眠很淺啊。」

「請放心，您不會再聽到任何聲音，據我所知，他們已經快分手了。」

「啊，我真是個愛幻想的老女人，真是抱歉。好了，要是沒事的話，我可以回家了嗎？」

「我必須讓您留院觀察，這是我的職責所在。」

「你還想觀察什麼？」

「您呀！」

「好吧，我就讓你省點事吧。我是個連你都不會再多看我一眼的老女人，而我在廚房滑了一跤。沒什麼好觀察或好檢查的，只要幫我把這個腫得一目了然的腳踝包紮起來就好啦。」

「請躺好，我們會送您去照X光，如果沒有骨折的話，我可以在值完班後送您回家。」

「因為我們是鄰居，我給你三小時，否則，我就用自己的方式回家。」

我開了做X光的檢查單，返回工作崗位前，把老太太託給一名擔架員。年節前一夜是急診部最慘的時候，從半夜十二點半開始，第一批病患就紛紛來報到。過量的酒、過於豐盛的食物，有些人慶祝節慶的方式總是讓我不解。

我在清晨時去找我的鄰居。她坐在輪椅上，手提袋放在膝上，腳上纏著繃帶。

「還好你當了醫生，你要是當司機，大概早就被開除了。你現在要帶我走了嗎？」

「我還要半小時才下班，您的腳踝還痛嗎？」

「一點扭傷罷了，不用看大夫也知道。你要是能去販賣機幫我買杯咖啡，我就可以再等你一會兒；只有一會兒喔，不能太久。」

我到販賣機幫她帶了杯咖啡，她就著杯口沾了沾唇，對我擠出一臉難喝的模樣，指了指柱子旁的垃圾桶。

急診大廳空盪盪，我脫去白袍，從值班室拿了外套，推著輪椅走出去。

在等計程車時，剛下班的救護車司機認出了我，問我要去哪裡。他很好心願意載我們一程，更貼心的幫我一起把我的鄰居抬上樓。到了六樓，我們倆都已累得氣喘吁吁。我的鄰居把鑰匙交給我，救護車司機就離開了。我協助老太太坐在扶手椅上。

我答應她會再來看她，並幫她帶來可能需要的東西，以她腳踝的脆弱程度，最好一段時間別爬樓梯。我把我的電話號碼草草寫在一張紙上，把紙條放在小圓桌顯眼的地方，又讓老太太答應一有問題就立刻打電話給我。沒想到我才剛離開，她的電話就來了。

「你不是個好奇心重的人啊，你甚至沒問我的名字。」

「愛麗絲，您叫愛麗絲，您的文件上有寫。」

「我的出生年月日也有？」

「是的。」

「真討厭。」

「我沒有推算您的年紀。」

「你真有風度，但我才不相信。沒錯，我九十二歲，而我也知道，我看起來只有九十歲！」

「遠不到這歲數，我本來以為您只有……」

「閉嘴，不管你說多少歲，對我而言都太多了。你真的不是個好奇心重的人，我一直沒有告訴你，到底我到醫院時，是因為什麼事而開心。」

「我忘記了。」我向她坦承。

「那就到我家廚房來，你會在洗碗槽上方的櫥櫃找到一包咖啡粉，你會用咖啡機嗎？」

「我想應該會。」

「反正再怎樣也不可能比你先前買給我的那杯飲料還糟。」

我盡力煮了咖啡，用托盤端著走回客廳。愛麗絲幫我們各倒了一杯，她喝了她那杯，沒做任何評論，我應該成功通過考驗了。

「好了，昨天晚上心情為什麼那麼好？」我開口，「摔傷了沒什麼好高興的啊。」

愛麗絲彎向矮桌，拿出一盒餅乾給我。

「我的孩子讓我厭煩，厭煩到你無法想像！我受不了他們的談話內容，我兒子的老婆和我女兒的丈夫更讓我無法忍受。他們只會浪費時間在抱怨，對他們小小世界以外的事物絲毫不感興趣。你要知道，我以前是法文老師，所以會教他們讀詩也不難理解，但這兩個白痴只對數字感興趣。我本來想逃避在新年前夕去我媳婦家，換句話說，那根本是苦難日，我媳婦根本是用腳在煮菜，就算一隻火雞都能把自己烤得比她烤的好。為了不要搭上昨天早上的火車，到他們淒涼的鄉下宅邸跟他們見面，我藉口說我扭傷了腳踝，他們也全都假惺惺地說真遺憾；我跟你保證，就只有五分鐘而已，一分鐘都不多。」

「要是他們其中有人決定開車來載您呢？」

「完全不可能。我女兒和我兒子從十六歲起就在比賽誰最自私，現在已經四十多歲了，他們還分不出高下。滑倒之前，我本來還在廚房，自言自語說應該等他們度假回來後，假裝在腳踝纏個繃帶，以配合我的謊言，沒想到就滑了一跤，然後發現自己跌得四腳朝天。十一點四十五分，消防隊員來了，我努力幫他們開了門，六個帥哥待在我的公寓，對我而言，還有什麼比這樣的新年前夕更美好呢，更別談不用去吃我媳婦的火雞了，我沒什麼好要求的了！消防隊員幫我做了檢查，把我綁在擔架上以便扛下樓。午夜十二點整，正當我們要去醫院時，我問隊長能不能再等我幾分鐘，因為我的狀況並不危急，所以他答應了。我請他們吃巧克力，我們一起等了一會兒……」

「您在等什麼？」

「依你之見呢？當然是等電話響啦！結果今年大家還是沒辦法裁定我這兩隻雛鳥誰是贏家。到了醫院我一直笑，是因為我的腳踝在消防車上就不斷腫大，終於，我得到了我要的繃帶。」

我協助愛麗絲躺到床上，幫她打開電視，讓她休息。一回到家裡，我就急著打電話給媽媽。

一月是一片天寒地凍。呂克從家裡回來後，對學業火力全開，因為在家裡他爸爸一直惹火他，而他妹妹花在玩遊戲機的時間遠大於跟他聊天。受我之託，呂克去拜訪了我媽媽，他覺得她氣色不太好。媽媽託他帶了一封信和一份聖誕禮物給我。

親愛的：

我知道你工作纏身，別爲此懊惱，聖誕節晚上我有點累，很早就睡了。花園和我一樣，在冬霜中沉睡，樹籬都染成白色，這景像如此優美。鄰居送了我很多木柴，多到足以撐過圍城之戰。夜晚，我燃起壁爐，看著爐膛裡劈啪作響的火焰，想著你，想著你緊湊的生活，這勾起了我好多回憶。你現在應該更能理解，爲何我當年總是精疲力竭回家，而我希望現在的你能原諒我，因爲曾經有那麼多夜晚，我完全沒有一絲力氣來和你說說話。我很期望能常常看到你，也很想念你在這裡的時光，但我又爲你所完成的任務感到驕傲又欣喜。我會在初春來臨時去看你，雖然我答應過你二月就過去，但有鑑於這持續的嚴寒冬霜，我還是謹慎爲上；我可不想爲了讓你感動而變成跛腳病患。如果你碰巧能休幾天假——雖然我邊寫邊知道那不可能——我就會是全天下最快樂的媽媽。

眼前是美好的一年，六月你即將畢業，然後開始當實習醫師，雖然你比我更清楚這些事，但光是寫下這幾個字，就讓我感到非常驕傲。爲此，我可以抄寫同樣的文字上百次。

那麼，祝你有個美好且幸福的一年，我的孩子。

愛你的媽媽

PS：如果你不喜歡這條圍巾的顏色，沒辦法，你也沒得換了，這是我爲你織的。如果圍巾有點垮垮的，那很正常，這是我第一次織也是最後一次了，我痛恨編織。

我拆開包裹，把圍巾圍在脖子上，呂克立刻嘲笑我。圍巾是紫色的，一端比另一端寬大得多，但一圍上就看不出來了。這條圍巾，我戴著它過了整個冬天。

☘

蘇菲在一月第一個星期的最後幾天現身。我曾每晚在她值班時去找她，卻從未在那裡遇到她。這次是她到急診部來看我，也是她回來的當天，她一身曬黑的皮膚和臉部周遭蒼白的膚色不相稱。她說她前陣子需要去透透氣。我帶她到醫院對面的小咖啡店，一起在重回工作崗位前共進晚餐。

「妳去了哪裡？」

「如你所見的，去曬太陽。」

「一個人？」

「和一個女性朋友。」

「誰？」

「我也有一群童年密友好嗎！你媽媽好嗎？」

她讓我一個人唱獨角戲般說了好長一段時間的話，突然，她把手放在我的手上，堅決地看著我。

「你和我在一起多久了？」她問我。

「幹嘛問這個問題？」

「回答我。我們的第一次是在什麼時候？」

「我們雙唇初觸的那天，是我在妳值班時去看妳的時候。」我毫不遲疑地回答。

蘇菲看著我，一臉抱歉。

「還是我在公園請妳吃冰淇淋那天？」我接著說。

她的臉色更沉了。

「我在問你日期。」

我需要思考幾秒鐘，她卻不給我喘息餘地。

「我們第一次做愛，是兩年前的今天。你甚至根本不記得。我們已經兩個星期沒見，卻在醫院對面這個破舊的小店裡慶祝我們的兩周年，只因為必須在值班前吞點東西。我真的無法時而當你最好的朋友，時而當你的情人。你已經準備好為全世界、甚至為早上才遇到的陌生人奉獻，而我，我只是你在暴風雨時緊抓的浮標，天氣一放晴你就鬆手。你這幾個月來對呂克的關心，遠比兩年來給我的還多。不管你承不承認，我們都已不是在學校操場放縱青春的孩子。我只是你生活裡的一枚影子，你卻在我的生命裡占有重要地位，這讓我很受傷。你為何帶我去見你母親？為何要製造在閣樓裡的親密時刻？如果我只是個單純的過客，為何要讓我闖入你的生活？我千百次想過要離開你，但僅憑我一己之力我做不到。所以，請幫我一個忙，幫我們完成這件事，又或者，如果你相信我們之間還有可以共同分享的地方，即使只是時間問題，就為我們找出方法來繼續這段故事。」

蘇菲起身離開。透過玻璃，我看到她在人行道上等綠燈穿越馬路。外面正下著雨，她豎起大衣上的衣領，而不知為何，這個無意義的小動作卻讓我該死的想要她。我掏空口袋，把錢扔在桌上付帳，著急地衝出去追上她。我們在冰冷的大雨中擁吻，在親吻中，我為對她造成的傷害致歉。而我又如何能知道，我接下來會再次傷害她，並再度為此向她道歉。不過我當下完全沒預料到，而我對她的渴望是如此真切。

一隻插在漱口杯中的牙刷、兩三件櫃子裡的衣物、一個床頭鬧鐘、幾本隨身的書，我把套房留給呂克，就此搬進蘇菲家。我每天還是會回我家，只是去看一看，就像水手會去碼頭巡視纜繩一般。我每次都會趁機到樓上走走，愛麗絲的反應可愛極了，我們聊天時，她會滔滔不絕地說著她的童年慘事，這讓她很開心。我先前曾委託呂克，所以我不在時，換他幫忙注意愛麗絲，確保她什麼都不缺。

一天晚上，我們碰巧同時出現在愛麗絲家，她向我們提出了一個頗驚人的論點，「與其生孩子，再盡全力把他們養大，還不如領養成年的大人，至少知道自己在跟誰打交道。像你們兩個，我立刻就會選擇領養你們。」

呂克一臉驚愕地看著我，而被他的反應逗得樂翻的愛麗絲接著說：「別假了，你不是跟我說過你父母有多令你惱火嗎！那麼，為什麼父母無權對他們的下一代有同樣的感覺呢？」

呂克愣住，答不出話來。我把他拖到廚房，偷偷跟他解釋愛麗絲有著獨特的幽默感，這不應該怪她，她因悲傷而日漸憔悴，面對如此沉重的悲痛，她徒然用盡千方百計想與之相處，甚至試著去恨，但全都枉然，她對兒女的愛太深，所以為他們的棄養而飽受折磨。

這個祕密並非愛麗絲親口對我吐露，而是某個早晨我去看她時，陽光正好射進她的客廳，而我們的影子又偏偏剛好靠得太近。

☘

三月上旬，急診部全體同仁被徵召開大會，因為吊頂的天花板發現含有石棉，特殊小組將維修替換，工程會持續三天三夜。在這段期間，會由另一個醫學中心來接替我們的工作，換句話說，全體同仁整個周末失業。

我立刻打給媽媽，跟她說這個好消息：我很快就能去看她，星期五就到家。媽媽沉默了一會兒，然後說她很抱歉，因為她已經答應陪一位女性友人去南部玩，這個冬天特別嚴寒，曬幾天太陽會讓她們好過一點。這趟旅行已經計畫了好幾個星期，旅館的訂金已經付了，機票又不可退換，她不知道該怎麼取消。她說她真的很想看到我，這真是陰錯陽差，她希望我能諒解，不要怪她。她的聲音如此無力，我立刻就請她放心，我不僅完全能體諒，還很高興她願意走出家門去旅行。到了月底春天就要來了，等她來看我時，我們就能彌補失去的時光。

這一晚，蘇菲值班，我沒有。呂克正在加緊溫習功課而且需要人幫忙，於是在快速解決一盤麵條後，我們一起坐在書桌前，我扮演教授，他飾演學生。午夜時，他把生物學課本扔到房間另一頭，我能理解他的舉動；一年級時，面對日漸逼近的考試，我也有過相同的壓力，恨不能把一切都丟掉、逃避可能考不過的危機。我撿起課本，像一切都沒發生過般拿回來，但呂克已經走到外面去，他的不安讓我有點擔心。

「我要是再不離開這個地方一、兩天，我鐵定會爆炸。」他說，「我會把我殘存的身體捐給醫學院。第一宗從體內自體爆炸的人類孵化器，應該會引起醫學界的興趣。我已經預見我躺在解剖室的檯子上，被一群年輕學子包圍，至少在我魄散九霄之前，女孩們會把玩我的睪丸。」

聽到這段獨白，我明白我的朋友真的需要去透透氣。我考量情況後，建議陪他到鄉下去溫書。

「我不喜歡乳牛。」他回答我，聲音淒切。

一陣沉默，我緊盯著呂克的眼睛，直到他把視線轉開望向他方。

「去海邊吧，」他說，「我想看看海，看看一望無際的地平線，遼闊的外海和浪花，聽聽海鷗的叫聲……」

「我想我能想像那幅畫面。」我對他說。

離我們最近的海岸線在三百公里之遙，唯一可搭的火車是班慢車，車程要六小時。

「租輛車吧，雖然我當擔架員的錢都會花在這上頭，但沒關係，由我來付這筆錢，我求你，帶我去海邊吧。」

就在呂克央求我之際，蘇菲推開門走進套房。

「門是開著的，」她說，「我沒有打擾到你們吧？」

「我以為妳在值班？」

「我也以為，我白白工作了四小時，才發現我搞錯日期了，我花了點時間才想起來我們上次是一起值班的，所以我想也許我可以跟你共度一個真正的夜晚。」

「真可惜。」我回答。

蘇菲幽幽看著我，噘高的嘴預告了最糟的情況。我瞪大眼睛，沉默地詢問她有什麼事不對勁。

「你這周末要去海邊對吧？如果我猜得沒錯。噢，別擺出這副臉色，我沒有在門邊偷聽，呂克的大嗓門在樓梯口就聽得到。」

「我不知道，」我回話，「既然妳聽到了我們的對話，妳就應該知道我還沒回答。」

呂克用眼神來回看著我們，就像個坐在體育場的階梯座位上，觀看網球比賽的觀眾。

「你就做你想做的事吧，要是你們想一起共度周末，我會找到事情做的，不用擔心我。」

呂克應該看穿了我正面臨兩難局面。他彈跳起來，撲向蘇菲的腳邊，緊抓住她的腳踝，開始求她。我還記得他也曾經為了逃過雪佛太太的處罰，上演過同樣的戲碼。

「蘇菲，我求求妳，跟我們去嘛，妳不要當壞女人，不要讓他有罪惡感嘛。我知道你想跟他共度這兩天，但他正試著挽救我的性命，妳要是拒絕對一個身臨危險的人伸出援手，又何必讀醫科呢？尤其那個有問題的人是我啊。如果你們再不帶我離開這裡，我就快要被書本壓到窒息而死了。跟我們一起去啦，求求妳，我會待在沙灘上，你們不會看到我，我會隱形起來。我保證會保持距離，一句話也不說，然後妳會忘了我的存在。到海邊過兩天，只有你們倆和我的影子。答應吧？我求妳！我會付租車費、汽油費和旅館的錢，妳還記得我之前曾經為妳做過牛角麵包吧？我當時跟妳還不熟，但我已經知道我們一定會相處愉快。妳要是答應我，我就做妳從來沒吃過的泡芙麵包給妳吃。」

蘇菲垂下眼睛，用非常嚴肅的語氣問道：「首先，泡芙麵包是什麼？」

「妳又多了一個非去不可的理由，」呂克接話，「妳絕對不能錯過我做的泡芙麵包！妳要是拒絕了，這混蛋一定也不去了。萬一我沒去透透氣，我就不能繼續複習功課，我就會考不好，結論是我的醫師生涯就掌握在妳手裡。」

「好了，別耍寶了，」蘇菲溫柔地說，一邊扶他站起來。

她搖搖頭，說我們是一丘之貉。

「兩個淘氣鬼！」她說，「去海邊吧，不過我們一回來，我就要吃到泡芙麵包。」

我們留下呂克繼續溫書，他星期五早上會來跟我們會合。

我們散步回蘇菲家時，她抓住我的手，「要是我剛才拒絕跟你們去，你真的會取消這周末的行程？」她問我。

「妳真的會拒絕嗎？」我反問她。

走回套房的途中，蘇菲向我承認，呂克真算得上是個很有自我風格的怪咖。

呂克無疑找到了城裡最便宜的出租汽車——一輛老舊的廂型車，四扇車門的顏色完全不同，車前沒有散熱器的護柵，兩盞被生鏽散熱器分開的車頭燈，讓人聯想到一雙醒目的斜視眼睛。

「對啦，這輛車是有點鬥雞眼，」蘇菲猶豫著是否要坐上這堆廢鐵時，呂克開口，「但它轟隆隆的引擎和煞車皮都是新的，就算離合器有點爆裂聲，還是能平安把我們載到目的地，而且，你們看，這輛車的空間很大喔。」

蘇菲選擇坐在後座。

「我讓你們倆坐前座。」她說，一邊在驚人的吱嘎聲中關上車門。

呂克轉動車鑰匙發動車子，他轉向我們，一臉興奮。他說的沒錯，引擎很賞臉地轟轟響起。

避震器是舊的，一點點彎道都會讓我們像坐上旋轉木馬盪來盪去。開了五十公里之後，蘇菲求饒，要我們在第一個休息站停下。她毫不客氣地把我趕走，因為她寧願冒著生命危險坐上死亡之座，也不願留在後座，忍受每次轉彎時，從一端窗戶滑向另一端的噁心嘔吐感。

我們趁空檔把油加滿，還趕在重新上路前，一人吞了一個三明治。

接下來的旅途，我就一點也記不起來了。我躺在後座，一路搖來盪去，漸漸陷入沉睡中。偶爾睜開眼睛，蘇菲和呂克正在高談闊論，他們的聲音比車子的搖晃更有助於入眠，於是我再度進入夢鄉。

出發五小時後，呂克把我搖醒，我們到了。

他把車停在一間與車子同樣破舊的小旅館門前，像是這輛破車終於找到回家的路。

「我同意，這不是四星級旅館，我承諾了要付帳，而這是我唯一能負擔得起的。」呂克一邊說一邊從後車廂取下行李。

我們一言不發地隨他到了櫃台。這棟濱海小旅館的女主人應該在二十來歲就經營這間旅館了吧，她大約五十多歲，外形恰到好處地與屋內裝潢融為一體。我本來以為，我們會是淡季中唯一的一組客人，然而卻有十五名老人家倚著欄杆、好奇地看著我們這些新來的。

「這些都是常客，」老闆娘聳聳肩，「街角的安養院被吊銷了執照，我被迫接手這群可愛的小團體，總不能讓他們流落街頭吧。你們很幸運，一個房客上個星期過世了，所以空出了一間房，我帶你們過去。」

「嘿，這下子我得說，我們真是走了狗屎運了！」蘇菲一邊上樓一邊低語。

老闆娘請求寄宿老人在走廊上挪出一點空間，好讓我們穿越。

蘇菲一一向老人家微笑，她向呂克拋下一句：「萬一剛好想念醫院的話，至少在這裡，我們不會太不習慣。」

「妳怎麼知道我有內線消息？」他回擊，「一個一年級的女同學給我這個地址，因為她每次放假都會來這裡幫忙，賺點外快。」

我們打開十一號房的房門，裡面有兩張床，蘇菲和我轉向呂克。

「我答應你們會自動消失，」他道歉，「反正旅館本來就是用來睡覺的，不是嗎？如果你們需要安靜，我也可以去車上睡，就這樣。」

蘇菲把手搭在呂克的肩上，告訴他，我們來這裡是為了看海，這才是最重要的。呂克安心了，要我們先選一張床。

「兩張都不要。」我低語，拐了呂克一記。

蘇菲選了離窗戶最遠、離浴室最近的床。

放下行李後，蘇菲建議不要浪費時間，她餓了，又急著想看到遼闊的外海。呂克沒有讓她同樣的話重複第二遍。

去沙灘大約需要步行六百公尺。我們請老闆娘在紙上草草畫了大略的地圖，路途中，我們發現一家全日供餐的小餐館。

「這次換我請你們。」蘇菲提議，為捲到腳下的浪花陶醉不已。

一直要等到走在市集的路上時，我才有種似曾相識的感覺；我似乎來過這裡。我聳聳肩，所有的濱海小鎮都差不多，我的想像力大概又在耍我了。

呂克和蘇菲餓昏了，今日特餐不夠他們裹腹，於是蘇菲又點了一客焦糖布丁。

走出小餐館時，夜幕低垂，大海就在不遠處，即使暮色中能見度不高，我們還是決定到沙灘走一圈。

防波堤的燈光才剛點亮，三盞老舊的路燈隔著距離相互輝映，碼頭盡處則沉浸在一團漆黑中。

「你們聞到了嗎？」呂克歡呼，同時敞開雙臂，「你們聞到這股碘的味道了嗎？我終於擺脫從我當擔架員以來就揮之不去的醫院消毒水臭味了，我還曾經為了除去這股臭味而用牙刷刷鼻孔，但那根本沒用。不過現在，啊——多美好！還有這股噪音，你們聽到海浪襲來的噪音了嗎？」

呂克根本不等我們回答，就除去鞋襪，跑到沙堆上，撲向浪花形成的泡沫滾邊。蘇菲看著他走遠，朝我擠了個眼色，就打起赤腳，衝去加入呂克。呂克此刻正在追逐退潮，一邊聲嘶力竭地大吼。我前進追隨他們，高掛的月亮已經近乎滿月，於是我看到身前拖得長長的影子，而在繞過一個水窪的瞬間，我依稀從海水的粼粼波光中，瞥見一個凝視著我的小女孩身影。

我找到呂克和蘇菲，兩個人都氣喘吁吁，我們的腳都凍僵了。蘇菲開始打哆嗦，我抱住她幫她摩擦背部取暖，是該回旅館了。我們拎著鞋子，穿越鎮上回旅館。旅館所有的房客都已沉睡，我們躡手躡腳地爬上樓。

一沖完澡，蘇菲就滑進床單裡，幾乎一沾枕就睡著了。呂克迷迷糊糊地看了她一眼，對我比了個手勢，就捻熄了燈。

早晨，一想到要到餐廳與大家共進早餐，我們就一點也提不起勁。那裡的氣氛本來就不太愉快，更何況大家咀嚼的聲音更是讓人倒盡胃口。

「但是早餐包含在房價裡。」呂克堅持。

面對著一臉挫敗、厭惡不已地在乾土司上塗果醬的蘇菲，呂克突然推開椅子，命令我們等他一會兒，然後消失在廚房裡。經過長長的十五分鐘之後，埋首餐盤的寄宿老人抬起頭來，鼻子靈敏地嗅到一股不熟悉的香味，然後是一陣靜默，一絲聲音都聽不見，所有的小老人都放下了餐具，一一緊盯著餐廳的門，眼神熱切。

呂克終於來了，頂著一頭沾了麵粉的頭髮，端著一籃烘餅。他繞了餐桌一圈，分給每個人兩塊餅，再走到我們身邊，把三塊餅放到蘇菲的餐盤裡，然後坐下。

「我盡量用能找到的食材來做，」他一邊坐下一邊說，「我們得再去買三包麵粉和等量的奶油和糖，我相信我已經把老闆娘的存糧洗劫一空啦。」

他做的烘餅真是色香味俱全，溫熱又入口即化。

「你知道嗎，我很懷念這種感覺，」呂克一邊環顧四周一邊說，「我很喜歡這樣，看著清晨第一批客人胃口大開地來到麵包店。看看我們周遭的人，他們看起來多幸福，嚴格說來這與醫學無關，卻看起來對他們很有效。」

我抬起頭，老人家正在享用美食，我們剛走進餐廳時的死寂一掃而空，替換為此刻充滿活力的熱鬧談話聲。

「你有一雙點石成金的手，」蘇菲滿口食物地開口，「說不定這也是一種醫術呢。」

「這個老人家啊，」呂克說著，指著一名站得直挺挺像根木樁的老先生，「再過幾年就可能是馬格囉。」

我們周遭的每位老人都比我們老了至少三倍以上的歲數，置身這群笑顏間——偶爾甚至聽到幾陣笑聲流洩在四周，我竟有種奇怪的錯覺，彷彿重回到昔日的學校學生餐廳，而在那裡，同學全都染上了微微風霜。

「我們去看看白晝下的大海像什麼吧？」蘇菲提議。

我們花了點時間上樓，回房間套了件毛衣和外套，就走出了小旅館。

到達沙灘時，我終於明白前一天感受到的似曾相識感覺是什麼了——我來過這小小的濱海小鎮。在碼頭盡處，燈塔的塔燈在晨霧中浮現，一座被遺棄的小小燈塔，和我記憶中一樣忠貞不移。

「你來不來？」呂克問我。

「啊？」

「沙灘盡頭有間小咖啡店，蘇菲和我渴望來杯『真正的』咖啡；旅館裡的咖啡根本就像洗碗水。」

「你們去吧，我稍後和你們會合，我需要去確認一些東西。」

「你需要在沙灘上確認一些東西？你要是擔心大海消失的話，我向你保證它今晚就會回來。」

「你能不能幫我個小忙，不要把我當笨蛋？」

「哎喲，火氣很大呢！好啦，您的僕人去陪伴夫人了，讓大人您可以好好去數數貝殼。有沒有話要我傳達呢？」

懶得再聽呂克的蠢話，我走向蘇菲，向她道歉失信不能陪她，並且承諾盡快過去和他們會合。

「你要去哪裡？」

「我想起了一些回憶。我最晚一刻鐘後去找你們。」

「什麼樣的回憶？」

「我想我曾經來過這裡，和我媽一起，並在這裡度過了我生命中很重要的幾天。」

「你到現在才想起來？」

「那是十四年前的事了，而且我從此之後就再沒回來過這裡。」

蘇菲轉過身。在她挽著呂克的手遠去時，我朝防波堤前進。

生鏽的告示牌一直掛在鐵鏈上——禁止進入，字跡已經模糊，字母c和i已經無法辨識。我跨過去，推開鐵門，鐵門上的鎖孔早已因鹽分侵蝕而消失。我爬上樓梯，登上老舊的瞭望台，階梯好像縮小了，我原以為它們更高一些。我攀上通往塔頂的梯子，窗玻璃都還完整，但污垢積得發黑，我用拳頭擦了擦玻璃，從拭出的兩個圈圈裡看出去，這兩個圓圈就像望遠鏡般指向我的過去。

我的腳絆到東西。在地上，一層厚厚的灰塵大衣底下藏了一個木箱子，我蹲下身把箱子打開。

箱子裡躺著一只老舊風箏，骨架都還完整，但翅膀已經破爛不堪。我把老鷹風箏抱在懷裡，小心翼翼地撫摸它的翅膀，它看起來如此脆弱。然後我望向木箱深處，倒抽了一口氣，一長條的細沙還維持著半顆心的形狀，旁邊有一張捲成錐狀的紙條。我把紙條攤開，讀出上面的字：

我等了你四個夏天，你沒有信守承諾，你再也沒有回來。風箏死了，我將它埋葬在這裡，誰知道呢，也許有一天你會找到。

署名：克蕾兒。

四十公尺。風箏線軸仔仔細細捲起。我下樓走向沙灘，把我的老鷹風箏攤在沙上，把木頭捲軸與風箏連結在一起，檢查連結兩者的結，放出五公尺的線，然後開始逆風奔跑。

老鷹的翅膀鼓起，先飛向左邊，又倒向右邊，然後直衝天際。我試著用風箏畫出數個完美的S和8，但是破洞的鷹翼很難任我操控，我稍稍鬆手，它就飛得更高。風箏的影子呈之字狀投射在沙子上，它的飛舞，讓我心醉神迷。我聽到一陣無法自抑的笑聲向我襲來，一陣可回溯到我童年深處的笑聲，一陣獨一無二、大提琴音色的笑聲。

我的夏日知已變得如何了呢？那個因為聽不到聲音，而讓我可以毫不畏懼地向她傾訴所有祕密的小女孩啊！

我閉上眼睛。我們曾經跑得上氣不接下氣，被帶路的老鷹風箏拖著跑，妳放風箏的功力無人能及，常常會有路上的行人停下腳步，只為欣賞妳靈活的技巧。曾經有多少次，我牽著妳的手走到這裡？妳現在好不好？妳如今身在何方？妳又會在哪個沙灘度過每個夏天？

「你在玩什麼？」

我沒聽到呂克走來。

「他在玩風箏。」蘇菲回答，「我可以試試看嗎？」她問，同時伸過手來抓住風箏的手柄。

我還來不及反應，她就從我手中奪過風箏。風箏旋轉了幾圈，朝著沙灘栽去，在擦撞沙子的瞬間，風箏斷了。

「啊！對不起，」蘇菲道歉，「我不太會玩。」

我朝風箏跌落的地方衝去。它的兩支豎桿斷裂，翅膀也折斷了，倒在胸前，一副可憐兮兮的模樣。我跪下去，用雙手捧住它。

「別露出這副表情啦，你好像快哭出來了，」蘇菲對我說，「這不過是只破風箏罷了，你要的話，我們可以去給你買一只全新的。」

我一言不發，也許是因為把克蕾兒的故事告訴蘇菲，就如同出賣了克蕾兒一樣。童年的愛是很神聖的，什麼都無法將之奪去，它會一直在那裡，烙印在心底，一旦回憶解放，它就會浮出水面，即使只是折斷的雙翼。我折起鷹翼，重新把線捲好，然後請呂克和蘇菲等我一會兒，把風箏重新放回燈塔去。一到了塔頂，我就把風箏放進木箱子，還向它道了歉；我知道，對著一只老舊的風箏說話很蠢，但我就是做了。把木箱蓋闔上時，我很愚蠢地哭了，而且完全停不下來。

我走向蘇菲，完全無法開口跟她說話。

「你的眼睛都紅了，」她低低地說，把我擁入懷中，「這是意外，我並不想弄壞它……」

「我知道，」我回應，「這是一個回憶，一直平靜地睡在上面，我不應該把它喚醒。」

「我聽不懂你說的話，但這似乎讓你很傷心。你要是想聊聊心事，我們可以走遠一點，就我和你，共度兩人時光。自從我們來到沙灘後，我有種失去了你的感覺，你總是心不在焉。」

我吻了吻蘇菲，向她道歉。我們沿著海岸散步，只有我們倆，肩並著肩，直到呂克跑來加入我們。

我們遠遠就看到他過來，他用盡全力大喊，要我們等等他。

呂克是我最好的朋友；這個早上，我再度證明了這件事。

「你還記得你那次騎腳踏車摔跤的意外吧？」他邊說邊走近我，手藏在背後，「好吧，我來喚醒你的記憶，你這忘恩負義的傢伙。你媽媽買了一輛黃色的全新腳踏車給你，於是我騎上我的舊腳踏車，跟你一起去挑戰墓園後方的山坡。當我們從墓園的鐵柵門前經過時，我不知道你是不是要確認有沒有鬼魂跟在後面，反正你轉過了頭，然後撞到坑洞，你飛了一圈，四腳朝天跌在地上。」

「你到底想說什麼？」

「閉嘴，等會兒你就知道了。你的一只車輪變形了，你擔心得要命，這比你流血的雙膝還嚴重，你不斷說著你媽會宰了你，腳踏車才剛買不到三天，要是這樣牽回家，你媽絕對不會原諒你，她之前為了買腳踏車給你而加了好多班，這真是一場災難。」

那天下午的回憶重新浮現在我的記憶裡。呂克拿出掛在他坐墊的小工具包的鑰匙，把我們倆的車輪調換，他腳踏車的輪子剛好跟我的相符。他終於把輪子裝好，並對我說我媽媽什麼都不會察覺。然後呂克請他爸爸幫我修好了車輪，隔天，我們又再調換回來。果然神不知鬼不覺，我媽媽什麼也沒發現。

「看吧，你又來了！好吧，但我可得先提醒你，這是最後一次囉，你總該學著長大一點。」

呂克拿出從剛才就藏在身後的東西，他遞給我一只全新的風箏。

「這是我在沙灘小雜貨店唯一能找到的了，你很走運，那傢伙告訴我這是最後一只，他們已經很久不賣風箏了。這是隻貓頭鷹，不是老鷹，但你就別太龜毛了，這也是一種鳥類嘛，而且，它在夜裡也能飛。你這下高興了吧？」

蘇菲把風箏放在沙上，把線頭交給我，對我比了個讓風箏起飛的手勢。我覺得有點好笑，不過當呂克交叉雙臂，一邊用腳打著拍子，我明白我得證明些什麼，於是我飛奔過去，風箏也隨之升上天空。

這只風箏飛得很棒，操縱風箏就像騎腳踏車一樣，是不會遺忘的本能，即使已經多年未曾練習。

每次貓頭鷹劃出完美的S和8，蘇菲都會鼓掌，而每一次，我都有種又多欺騙了她一點的感覺。

呂克吹了聲口哨，向我比了比，讓我看向碼頭。十五位寄宿老人已經坐在石頭矮牆上，欣賞著貓頭鷹風箏在空中飛舞。

我們和老人一起返回旅館，也到了我們該回家的時候了。我趁呂克和蘇菲上樓收行李時把帳結清，還多付了一點，好彌補早上耗盡廚房存糧的那一餐。

老闆娘毫不客氣地收下錢，還壓低聲音，問我能不能拿到烘餅的食譜，她已經跟呂克要過，但沒拿到。我答應試著逼他說出祕方，再轉交給她。

早餐時在餐廳裡站得像根柱子般挺直的老人家，也就是呂克認為是老年馬格的化身，朝我走過來。

「你在沙灘上表現得很棒啊，孩子。」他對我說。

我謝謝他的讚美。

「我知道我在說什麼，我賣風箏賣了一輩子，我以前經營沙灘的那家小雜貨店。你幹嘛這樣看著我？不知情的人還以為你看到鬼了哩！」

「如果我說很久以前您曾經送我一只風箏，您相信嗎？」

「我想你的女友需要人幫忙。」老先生對我說，指了指樓梯。

蘇菲走下階梯，拎著她的行李和我的。我把行李從她手中拿過來，放進車子的後車廂裡。呂克坐在駕駛座上，蘇菲坐在他旁邊。

「可以走了嗎？」她問我。

「等我一分鐘，我馬上回來。」

我朝旅館奔去，老先生已經坐在客廳的扶手椅上，看著電視。

「那個聾啞小女孩，您還記得她嗎？」

車子的喇叭鳴了三聲。

「我看你的朋友滿急的啊。找一天再來看看我們吧，我們會很開心地接待你們，尤其你的哥兒們，他今天早上做的烘餅真是好吃極了。」

喇叭聲繼續響起，我只好勉為其難地離開。我第二次對自己發誓，要再回來這個濱海小鎮。

☘

蘇菲哼著呂克填了歌詞、並大聲吼唱的旋律。呂克唸了我近二十次，怪我不肯跟他們一起唱，而蘇菲則重複了二十次，要他別吵我。四小時的車程過後，呂克開始擔憂突然爆跌的油表，指針已經從右方的「滿」一下子跌到了左方的「空」。

他以嚴肅的口吻宣布：「只有兩種可能，一是油箱的顯示器壞了，二是我們很快就得下去推車。」

二十公里之後，引擎咳了咳，在離加油站幾公尺前熄了火。走出車子時，呂克輕敲引擎蓋，讚揚它的功勞。

我把油箱加滿，呂克則去買水及餅乾。蘇菲走近我，摟住我的腰。

「你當加油工的樣子還挺性感的。」她對我說。

她親親我的頸，然後去商店找呂克。

「你要來杯咖啡嗎？」她轉過身問我。

我還來不及回答，她就朝我嫣然一笑，加了一句：「等你想告訴我是哪裡不對勁時，我會在這裡、在你身邊，即使你感受不到。」

我們重新上路後沒多久就遇上了大雨，雨刷很費力地驅趕雨滴，在擋風玻璃上發出陣陣令人不耐的嘶嘶聲。我們入夜後才抵達城裡，蘇菲睡得很沉，呂克猶豫著要不要叫醒她。

「我們該怎麼辦？」他低聲問我。

「我不知道，就停在路邊，等她醒來吧。」

「送我回我家去，別在那裡說蠢話。」蘇菲閉著眼睛喃喃道。

然而呂克沒有照她的話做，他往我們住的套房駛去。他斷然宣布，絕不能對周日夜裡的悲傷讓步，下雨天更要提高警覺，我們三個人要聯手打擊周末尾聲的憂鬱。他承諾要做我們從沒吃過的麵條。

蘇菲起身，擦了擦臉。

「看在麵條的份上就去吧，然後你們再送我回家。」

我們坐在地毯上吃了晚餐，呂克在我床上睡了，蘇菲和我則到她家過夜。

我一覺醒來，她已經出門了。我在廚房找到一張小紙條，用杯子壓著，放在早餐餐具旁邊。

謝謝你帶我去看海，謝謝你給了我這意外的兩天。我知道如果我騙你，告訴你我很幸福，你會相信。但我做不到。最難過的是看到你和我在一起，你卻顯得如此孤單。我不怪你，但我認爲我並沒有做錯什麼需要遭受這樣的懲罰，成爲隱身在門後的女人。我覺得我們還是普通朋友時你更有吸引力，我不想失去最好的朋友，我太需要你的溫柔和眞誠。我必須找回從前的你。

稍晚到餐飲部時，你會跟我聊聊你的一天，我也會述說我的，而我們會再度產生默契，在我們失落它之處。再過不久……我們會做到的，相信我。

離開時，把鑰匙放在桌上。

親親。

蘇菲

我把紙條重新折好，放入口袋。從她的五斗櫃裡取出我的衣物，除了一件襯衫，在那上頭，她用大頭針別了一張小字條：「別帶走這一件，從現在起它是我的。」

我把鑰匙放在她要我放的地方，然後離開，覺得自己成了笨蛋群中的最後一名，又或許是第一名。

☘

當晚，我打電話給媽媽，我需要和她談談，跟她吐露心事，聽聽她的聲音。電話鈴聲空響，她之前跟我說過她要去旅行，但我忘了她回來的日期。

三個星期過去了，蘇菲和我每次在醫院巧遇時，都會有點不自然，即使我們假裝什麼事也沒有。直到我和她在院區的小花園不期而遇，一陣傻笑才又重燃起我們的友誼，原來我們兩個人都偷溜到那裡去喘口氣。蘇菲告訴我呂克的不幸遭遇，有兩名傷者同時被送到急診室，呂克推著擔架奔跑，想搶先把他的傷者送到手術室，在走廊轉角，他應該是為了閃避護理長而突然偏了一下，病人就滑下了擔架。為了減緩病人的撞擊，呂克立刻撲倒在地，救援成功，擔架卻輾過他的臉。他最後落得在前額縫了三針。

她加了一句：「你的好朋友很勇敢，比你當年在解剖室裡用解剖刀割開一隻手指還勇敢。」

我早已忘記這段我們一年級時的插曲。

我終於明白昨晚看到的呂克的傷口是怎麼來的，他竟然還騙我是肇因於推門反彈回來打到他的臉。蘇菲要我保證不向他透露是她出賣了他，畢竟是她幫他縫合，算是她的病人，而她該為病人的醫療記錄保密。

我保證不會出賣她。蘇菲起身，她得回到工作崗位上。我叫住她，換我向她吐露呂克的祕密。

「其實他並非對妳毫不關心，妳知道嗎？」

「我知道。」她對我說，同時飄然遠去。

太陽放射出宜人的溫暖，我的休息時間還沒結束，我決定稍稍待久一點。跳房子的小女孩走進花園，在長廊的玻璃之後，她的父母正在和血液專科主任交談。小女孩一腳在前、一腳交叉地朝我走來，我猜她是想引起我的注意，她應該急於向我陳述某件事。

「我已經痊癒了。」她驕傲地向我透露。

我曾多少次看到這個小女孩在醫院的花園玩耍，卻從未關心過她承受了何等病痛。

「我很快就可以回家了。」

「我非常為妳高興，雖然我會有點想念妳，我已經很習慣看到妳在花園裡玩耍了。」

「那你呢，你也很快就能回家了嗎？」

才剛對我說完這些話，小女孩突然爆出一陣大笑，一陣大提琴音色的笑聲。人們常常把一些小事拋在腦後，一些生命的片刻烙印在時光塵埃裡，我們可以試著忽略，但這些微不足道的小事卻一點一滴形成一條鏈子，將你牢牢與過去牽連在一起。

呂克已經準備好了晚餐，倒臥在扶手椅上等我。一進到房間，我就關切起他的傷口。

「好了啦，別再扮演醫生了，我知道你都知情了，」他邊說邊推開我的手，「好啦！我給你五分鐘時間嘲笑我，然後我們就談別的事。」

「我們周末開的那輛車，你能不能幫我租到？」

「你要去哪裡？」

「我想回海邊去。」

「你餓了嗎？」

「是。」

「很好，因為我已經幫你弄了點吃的，如果你要的話，你可以邊吃邊告訴我為什麼會想回到那裡去。不過如果你還想搞神祕的話，加油站的服務區還開著，現在這個時間點，運氣好的話，你也許可以買到三明治。」

「你想要我告訴你什麼？」

「說你在沙灘上發生的事，因為我很想念我最好的朋友。你總是有點魂不守舍，我也總是守著本分，不吭聲地容忍你，不過現在，我已經忍無可忍了。你本來擁有全世界最棒的女孩，但你實在太混蛋，以至於經過一個該死的周末後，她也同樣魂不守舍了。」

「你記得我媽媽帶我到海邊度假的那個假期嗎？」

「記得啊。」

「你記得克蕾兒嗎？」

「我記得開學時，你跟我說過你從此對伊麗莎白不屑一顧了，還說你遇到了你的靈魂伴侶，有一天她會成為你的另一半云云。不過我們當時都還是孩子，你還記得這件事啊？你該不會以為她就在那個濱海小鎮等著你吧？老兄，回歸現實吧，你對待蘇菲的方式就像個白痴。」

「這件事你搞得定吧？是不是？」

「這帶刺的語氣感覺上是意味著什麼？」

「我只是在問你租車的消息。」

「你星期五晚上會看到車子停在路邊，我會把車鑰匙留在書桌上。冰箱裡有焗烤，你只需要加熱就可以吃了。晚安，我要出去走走。」

套房的門又闔上了。我走到窗前，想叫住呂克向他道歉，但我只是徒勞無功地喊他的名字。他連頭也沒回，就消失在街角。

☘

我安排好星期五值班，以便從星期六凌晨就能空出時間。我大清早一回到家，就看到廂型車的鑰匙，就如呂克先前答應我的一樣。

我花了點時間沖了澡，換了衣服，趕在中午前開車上路。我只在需要加油時停車，油表的顯示器已經完全壽終正寢，我必須計算平均油耗，才能推算出何時得要加油。但至少，這樣的練習占據了我的注意力。自我出發以來，我就有不自在的感覺，彷彿感覺到呂克和蘇菲的影子坐在後座。

下午，我抵達了養老院般的小旅館。老闆娘看到我很驚訝，她很抱歉地說，我們上次租的房間已經有新房客入住，她完全沒有空房間可以給我。我其實無意在這裡過夜。我向她解釋，我回來是為了找一位老是挺直腰桿的老人家，我想問他一個問題。

「你長途跋涉只為了問他一個問題！你知道我們有電話吧？莫東先生一輩子都站在他小雜貨店的櫃台後面，這就是他為何老是站得筆直。你可以到客廳找他，他大部分都在那裡消磨午後時光，幾乎從來不出去。」

我謝過老闆娘，走向莫東先生，並坐在他面前。

「你好啊，年輕人，我能為你效勞什麼？」

「您不記得我了嗎？我前陣子來過這裡，同行的還有一位年輕女士和我最好的朋友。」

「我完全沒記憶，你說的是什麼時候的事啊？」

「三個星期前，呂克還為大家做了烘餅當早餐，你們都愛吃極了。」

「我很愛吃烘餅，反正，所有的甜食我都喜歡。你是哪位呀，啊？」

「您還記不記得，我在沙灘上放風箏，您說我放得不錯。」

「風箏啊，你知道嗎，我以前是賣風箏的，我就是沙灘那間小雜貨店的老闆，我還賣其他有的沒的，救生圈、釣魚竿……雖然這裡沒什麼魚好釣，我還是照樣賣釣竿，還賣防曬乳。我一輩子在那裡看過不少戲水遊客，各式各樣的人都有……你好啊，年輕人，我能為您效勞什麼？」

「我小的時候，曾來這裡度過十多天的假。有個小女孩曾經跟我一起玩耍，我知道她每年夏天都來這裡，她跟一般的小女孩不一樣，她又聾又啞。」

「我也賣沙灘陽傘和明信片，但是偷明信片的人太多，所以我就停賣了。我會注意到這件事，是因為每一周結束後，我總會有多餘的郵票。都是小孩子偷了我的明信片……你好啊，年輕人，我能為您效勞什麼？」

我正陷入絕望之際，一名有著相當年紀的老婦人走過來。

「你今天問不出什麼結果的，他今天狀況不太好。不過他昨天的意識還滿清楚，他就是這樣時好時壞，腦袋已經不清楚了。那個小女孩，我知道她是誰，我都還記得。你說的是小克蕾兒吧，我跟她很熟，但你知道嗎，她不是聾子。」

就在我一臉驚愕下，老婦人繼續說。

「我可以告訴你全部的故事，但我現在餓了，胃裡沒東西就沒辦法聊天。如果你能帶我到甜點店裡喝杯茶，我們就能好好聊聊。要不要我去拿大衣啊？」

我協助老婦人穿上大衣，然後一起走到甜點店去。她選了露台邊的位子，還向我討根菸，不過我沒香菸。她交叉雙臂，定定盯著對面人行道上的菸草店。

「金牌的就可以。」她對我說。

我拿著一包菸和幾根火柴回來。

「我年底就當醫生了，」我對她說，一邊幫她點菸，「要是我的教授看到我給您這些東西，我一定會被罵得很慘。」

「要是你的教授無聊到會浪費時間來監視我們在這鬼地方的行動，那我會強力建議你換學校。」她回答，一邊點燃一支火柴，「談到時間，我常搞不懂，我的日子所剩無幾，為何要用盡方法來跟我們過不去；禁止喝酒、不准抽菸、不能吃太油或太甜，就為了讓我們活得更久，但所有這些站在我們立場、為我們著想的專家，奪去的是我們活著的欲望啊。當我在你這個年紀時，我們多麼自由，當然，可以自由地快速殺死自己，但也能自由地活下去。我可是想藉由你迷人的陪伴來對抗醫療，如果不會太麻煩的話，我滿想來一塊萊姆酒水果蛋糕。」

我點了一塊萊姆酒水果蛋糕，一個咖啡口味的閃電麵包和兩杯熱巧克力。

「啊，小克蕾兒，你一提到我就想起她了。當時我經營一家書店，你看到了吧，做生意的小商人，就是落得這樣的下場啊。我們經年累月為大家服務，但一旦退休了，根本沒有一個人來看我們。我向客人道了無數個日安、無數個謝謝、無數個再見，但自從我離開店裡，兩年來連一個訪客都沒有。在這彈丸之地的窮鄉僻壤，難不成大家都以為我跑到月球上去啦？小克蕾兒啊，她真是個有禮貌的孩子。我可是看過不少教養很差的孩子，要知道，教養不好的孩子可遠不及教養差的父母多。她的話，我還能原諒她沒辦法跟我說謝謝，至少她有很好的理由，啊，對了，你該知道她還會用寫的來表達。她很常到書店來，總是看著一堆書，從中挑選一本，然後坐在角落讀。我先生很喜歡這個小女孩，他會預先幫她把一些書放在旁邊，只為她喔。每次離開的時候，她都會從口袋裡掏出一張小紙條，她在上面塗鴉般畫著：『謝謝女士，謝謝先生。』不可思議吧？想像一下，如果她既不聾又不啞，那會如何。對了，小克蕾兒患了某種自閉症，是她的腦子裡出了問題。她其實什麼都聽得到，只是一個字也吐不出來。你知道是什麼把她從閉鎖的監牢裡解放出來的嗎？是音樂，猜得到嗎？這是一段美麗又悲傷的故事。

「你會不會猜想這一切該不會是我編造出來，只為了騙你送我一包香菸和一塊萊姆酒水果蛋糕吧？放心，我還沒到那種地步，至少目前還沒有，也許再過幾年就說不定。但如果真會有那麼一天，我倒寧願上帝在那之前就先把我的命取走，我可不想變得跟雜貨店老闆一樣。說到他啊，這也不是他的錯啦，換成是我，我也寧願神智不清算了；當你勞碌了一輩子把孩子養大，卻沒有一個孩子願意來看你，或者沒時間打電話給你，那還不如瘋了，不如從記憶裡把所有回憶抹掉算了。不過你關心的應該是小克蕾兒，而不是小雜貨店老闆。剛才我談到顧客忘恩負義，談到我們服務了一輩子，他們卻一副在市場看到你卻認不出來的樣子，唔，沒錯，也許我不該一竿子打翻一船人。我先生出殯那天，她就出現在那裡。當然，正如我跟你說的，她是一個人來的。我一開始還沒認出她，應該說對我而言她長大了，變得太多，換句話說，就像你一樣。我也知道你是誰，放風箏的小男孩嘛！我會知道你是因為每一年，只要小克蕾兒回到小鎮，她都會來看我，還用小紙條問我放風箏的小男孩有沒有回來。那就是你，對吧？我先生的葬禮當天，她站在送葬隊伍後面，如此纖細、樸素又不引人注意。我還一度想說她是誰。她傾身在我耳邊，對我說，『布夏太太，是我，我是克蕾兒，很遺憾，我很喜歡您先生，他曾對我如此友善。』你可以想像我有多驚訝。我本來就已熱淚盈眶，而她這番話讓我的淚珠紛紛奪眶而出；哎呀，光是重述這個畫面，又讓我感動不已。」

布夏太太用手背擦擦眼睛，我遞給她一條手帕。

「她抱了抱我，然後就離開了。三百公里的路程回來，三百公里的路程回去，僅僅是為了向我先生致意。你的克蕾兒，她可是位演奏家哪。啊，真抱歉，我話說得顛三倒四。等等，讓我先想想我剛剛說到哪裡了。你再也沒回來的那個夏天，小克蕾兒破天荒跟父母要求一件可怕的事——她想當大提琴家。你可以想像她母親的表情吧！能想像這對她造成多大的痛苦嗎？你耳聾的孩子想成為一名音樂家，這就好像你生了一個雙腿殘疾的人，他卻夢想成為一名走鋼索的雜技演員。在書店裡，她從此只看音樂相關書籍，每次父母來接她，就會被那情景打動一次。最後是克蕾兒的父親鼓起了勇氣，他對太太說：『如果這是她想要的，我們會為她找到方法來達成願望。』他們幫她註冊了一所特殊學校，有專門的老師訓練兒童，讓他們把耳機戴在脖子上，以感受音樂的振動。哎，我真是對現代不斷進步的新發明感到無比驚嘆啊，通常我是滿反對這些的，但是這個，我得承認，這還滿有用的。克蕾兒的老師開始教她學習樂譜上的音符，這也正是奇蹟發生之處。克蕾兒，這孩子從未正確複誦出一個字，竟然能完全正常地發出 Do-re-mi-fa-sol-la-si-do。音階從她口中吐出來，就像火車從隧道裡衝出來一樣。而我能告訴你的是，這下子，換成她的父母嚇得發不出聲音了。克蕾兒學了音樂，她開始唱歌，歌詞穿插在音符中。正是大提琴將她從牢籠中解救了出來，利用大提琴來越獄，這可不是每個人都能做得到！」

布夏太太用小匙攪了攪熱巧克力，喝了一口再把杯子放下。我們靜默了好一會，兩個人都迷失在自己的回憶裡。

「她進入了國立音樂學院，她還在那裡就讀。想找她的話，換作我是你，我會從那裡開始找起。」

我幫布夏太太採購了一些油酥餅和巧克力當存糧，我們再一起穿過馬路，為她買了一條香菸，然後我陪她回到旅館安養院。我向她承諾會在天氣晴朗時回來看她，並帶她到沙灘散步，她叮嚀我路上小心並且記得繫上安全帶。她還加上一句，說是在我這個年紀，還滿值得小心照顧自己。

我在凌晨離開，在夜裡開了好長一段路，回到城裡，剛好來得及還了車子並且趕上上班時間。

☘

回到城裡，我脫下白袍變身私家偵探的穿著。音樂學院離醫院有段距離，但我可以坐地鐵到那裡，只需要換兩班車，就能抵達巴黎歌劇院廣場，音樂學院就在正後方。但問題出在我的時間：期末考快到了，在讀書及值班的時間之外，能抽出空的時間都太晚了。我硬是等了十天，才能趕在音樂學院關門前趕過去。當我因為在地鐵長廊跑得上氣不接下氣，氣喘吁吁地抵達時，大門都已關上了。警衛要我隔天再來，我求他讓我進去，我一定得到秘書處去。

「這個時間已經沒有人啦，要是為了遞行政文件，得在下午五點以前再來。」

我向他坦承不是為了這件事而來，我是醫學院的學生，到這裡來是為了別的原因，我想找一名因為音樂而改變了人生的年輕女子，音樂學院是我握有的唯一線索，但我得找到人打聽消息。

「你就讀醫學院幾年級？」警衛問我。

「再過幾個月我就當實習醫師了。」

「再過幾個月就當實習醫師的人，是不是有能力幫人看一下喉嚨？十天來，我的喉嚨每次吞東西就灼痛，但我又沒時間也沒錢去看醫生。」

我表示願意幫他看診。他讓我進去，到他的辦公室裡看診。不到一分鐘我就診斷出他患了咽峽炎，我建議他隔天到急診部來找我，我會開處方箋給他，讓他到醫院附設的藥局去領抗生素。為了報答我，警衛問我要找的女孩名字。

「克蕾兒。」我告訴他。

「姓什麼？」

「我只知道她的名字，不知道姓氏。」

「我希望你不是在開玩笑。」

但我臉上的表情顯示出我是認真的。

「聽著，醫生，我真的很想回報你，但要知道，在這棟大樓裡，每年開學都有超過兩百名新生，有些人只待了幾個月，有些則在這裡一路讀了好幾年，而有些人甚至進入隸屬音樂學院之下不同的音樂培訓。光是近五年來，註冊名單裡就登記了上千人，我們是依據姓氏來分類而不是名字。要找到你的……她是叫什麼名字來著？根本無異是大海撈針。」

「克蕾兒。」

「啊，對，但真可惜，只知道叫克蕾兒卻不知道姓氏……我沒辦法幫上忙，我為此感到抱歉。」

我離開時的惱火程度，和警衛願意為我開門時的喜悅同樣高昂。

不知道姓氏的克蕾兒。這就是妳在我生命裡的角色，我童年時的小女孩，今日蛻變成了女人，一段青梅竹馬的回憶，一個時間之神沒有應允的願望。走在地鐵的長廊裡，我又看到妳在防波堤上，跑在我的前面，手上拉著在空中盤旋的風箏；不知道姓氏的克蕾兒，會在天空中畫出完美的8和S。笑聲有如大提琴音色的小女孩，她的影子沒有出賣她的祕密而向我求援；不知道姓氏的克蕾兒，卻對我寫下：「我等了你四個夏天，你沒有信守諾言，你再也沒有回來。」

回到家，我看到老是臭著一張臉的呂克，他問我為何臉色蒼白。我向他述說了造訪音樂學院的經過，以及我為何無功而返。

「你要是再這樣繼續下去，一定會把考試搞砸。你一心只想著這件事，只想著她。老兄，你根本是瘋了才會去追尋一個幽靈。」

我控訴他形容得太誇張。

「我在你去浪費光陰時打掃了一下，你知道我從廢紙簍裡發現了多少張廢紙嗎？數十張，既不是課堂摘要，也不是化學公式，而是一張張素描的臉孔，全都一樣。你很會畫素描是不是？最好能利用你的天分去做解剖圖速寫啦！你到底有沒有至少想到，該告訴警衛你的克蕾兒是學大提琴的？」

「沒有，我壓根沒想到這一點。」

「你根本就是蠢斃了！」呂克咕噥，一邊癱倒在扶手椅上。

「你怎麼知道克蕾兒演奏大提琴？我從來沒跟你提過這一點。」

「十天來，我被羅斯托波維奇＊喚醒，聽著他吃晚餐，又聽著他入睡。我們

---

＊羅斯托波維奇（Mstislav Rostropovich, 1927-1997），俄羅斯大提琴家，二十世紀繼卡薩爾斯之後最重要的大提琴演奏家。

再也不交談了，大提琴的聲音替代了我們的對話，而你竟然問我是如何猜到的！對了，要是真讓你找到克蕾兒，誰能保證她能認得出你。」

「如果她認不出我，我就放棄。」

呂克盯著我片刻，突然用拳頭敲了一下書桌。

「向我發誓你會做到！以我的腦袋起誓，不，更確切一點，以我們的友誼來向我發誓，如果你們相遇了，而她沒有認出你，你就會一輩子跟這個女孩劃清界線，而你會立刻變回我熟悉的你。」

我點點頭表示同意。

「我明天不上班，我會到醫院拿一些抗生素，然後幫你拿去給音樂學院的警衛，我會趁機試試看能不能探聽到更多消息。」呂克承諾。

我謝過他，並提議帶他出去吃晚餐。我們沒什麼錢，但是在廉價的小餐館裡，我們就不會聽到大提琴的樂音。

我們最後落腳在附近的一家小酒館，然後喝得醉醺醺回家。當呂克因為酒醉頭暈，坐在路邊的長椅上休息時，他向我坦承了他的窘境；他做了一件蠢事，他對我說。但他立刻發誓，他不是故意的。

「什麼樣的蠢事？」

「我前天在餐飲部吃午餐，蘇菲也在那裡，所以我和她同坐一桌。」

「然後呢？」

「然後她問我你近來如何。」

「你怎麼回答？」

「我回答說你糟到不行，然後因為她很擔心，而我又想安撫她，所以我不小心洩漏了一、兩個字，提及你憂心的事。」

「你該不會跟她說了克蕾兒的事吧？」

「我沒有提到她的名字，但我很快就意識到我透露得太多了，不小心說溜了嘴，提到你現在滿腦子都在找尋你的靈魂伴侶。但我立刻就以開玩笑的方式加上一句，你當年遇到她的時候才十二歲。」

「蘇菲當時有什麼反應？」

「你應該比我更瞭解蘇菲，她對所有事情都會有反應。她說她希望你得到幸福，因為你值得，因為你是個很棒的傢伙。我很抱歉，我不應該這麼做的，但是你千萬別以為我做出這件蠢事的背後有什麼居心，我沒有這樣的心機。我當時只是在生你的氣，所以才降低了戒心。」

「你當時為什麼生我的氣？」

「因為蘇菲在對我說出這些話時非常真誠。」

我把呂克的手臂搭在我的肩上，挾扶著他上樓。我將他安置在我的床上，他已經醉死了，我則癱倒在他的被褥上，睡在我們套房的窗邊。

☘

呂克信守承諾。我們喝完酒隔天，儘管還有宿醉的後遺症，他依然到醫院來找我，又到附設藥局拿了抗生素，送到音樂學院去。每當呂克想要得到某些東西時，他就是有辦法得到別人的同情，而他的這項天賦對我而言始終是個謎。他的誘騙功力，沒有人能抵擋得了。

呂克把藥交給警衛，又和警衛談論他的工作，並鼓勵他聊聊生活趣事。在短短一小時之內，就獲知了查閱音樂學院註冊名單的可能性。警衛把名單放在一張桌子上，而呂克以一名專業調查員的精確手法進行搜查。

他從入學登記冊中克蕾兒最有可能註冊的那兩年進攻。他一頁一頁仔細研究，全神貫注地拿著尺，順著學生名單在紙上一行一行滑來滑去。經過了大半個下午，他停頓在標註著克蕾兒・諾曼的那一行上，古典樂一年級，主修樂器：大提琴。

警衛任由呂克查閱克蕾兒的檔案，呂克則承諾，如果警衛的喉嚨幾天後依然疼痛，他會再為他帶藥來。

☘

夜幕低垂，華燈初上。呂克出現的時候，我正趁著急診部平靜的時刻，到醫院對面的小咖啡廳覓食。呂克坐到我這一桌，拿了菜單，連跟我道聲晚安都沒有，就點了前菜、主餐和甜點。

「這一餐你得請我。」他說，一面把菜單還給女侍者。

「我哪來的榮幸？」我問他。

「因為像我這樣的朋友，你再也找不到第二個了，相信我。」

「你發現了什麼？」

「要是我告訴你，我有兩張星期六比賽的門票，我猜你應該一點都不會在乎吧？正好，因為星期六，你的克蕾兒在市府劇院演奏。曲目是德弗札克大提琴協奏曲以及第八號交響曲。我成功為你要到一個第三排的位置，你可以近距離看到她。別怪我不願意陪你去，我已經受夠了大提琴，未來一百年都不想再聽到。」

☘

我翻箱倒櫃找尋適合晚上穿的衣服。其實，我只要把衣櫃門打開，就能一目了然地看盡我的衣物。我總不能穿綠色長褲配白色罩袍去聽音樂會吧。

☘

百貨公司的專櫃小姐推薦我穿藍色襯衫配暗色西裝外套，以搭配我的法蘭絨長褲。

市府劇院的音樂廳很小：百來張座椅呈半圓形排列，一個不到二十呎長的舞台，剛剛好容得下當晚所有演奏的音樂家。樂團指揮先在一片掌聲中向觀眾問好，音樂家呈隊形魚貫由舞台右側進場。我的心跳開始加速，咚、咚、咚如擊鼓般一路敲到太陽穴。音樂家們花了不到一分鐘各就各位，快到讓我來不及辨認出日思夜尋的那抹倩影。

廳內陷入一片漆黑，指揮舉起指揮棒，幾個音符依序響起。樂團的第二列坐著八位女性音樂家，一張面孔攫住我的視線。

妳和我想像中如出一轍，不過更有女人味也更美麗，一頭垂肩的秀髮，髮長似乎在妳拉大提琴弓時有些妨礙。一片合奏聲中，我無法辨識出妳的樂音。然後妳的獨奏時刻來臨，僅僅幾個音階、幾個音符，我便天真地沉溺在妳正為我獨奏的幻想中。一小時流逝，我的雙眼須臾不曾離開妳，當全場起立為你們鼓掌，我是其中狂喊 bravo 最大聲的人。

我確信妳的視線曾與我交會，我向妳微笑，笨拙地微微以手勢向妳示意。妳面向觀眾，和同仁一起彎腰鞠躬，布幕落下。

我揣著興奮不安的心，在演奏者專屬的出口等妳。在通道盡頭，我警戒以待鐵門打開的瞬間。

妳身著一襲黑裙翩翩現身，一抹紅色絲巾繫在髮間，一個男人摟著妳的纖腰，妳正朝他甜甜地笑。我恍如心碎，感覺自己無比脆弱。我看著妳依偎著這名男子，用我魂縈夢牽中妳看我的眼光看著他，伴在妳身邊的他如此高大，而孤身在走道中的我顯得如此渺小。我多願傾出所有，只求變身為妳身旁的男子，但我只能是我，那抹妳童年時曾經愛過的影子，那抹已成年的我的影子。

走近我面前時，妳盯著我看，「我們認識嗎？」妳問。妳的聲音如此清澈，如同多年前妳尚不能言語時，妳的影子向我求助發出的心音。我回答我純粹是來聽妳演奏的聽眾。妳有點不好意思，問我是否想要妳的簽名，我含糊答是。妳向妳的朋友要了筆，在紙上塗鴉般簽上妳的名字，我謝過，妳於是挽著他的手臂飄然離去。在妳轉身遠走之際，我聽到妳脫口說出很高興有了第一號粉絲，然而從妳自走道盡頭飄來的銀鈴笑聲裡，我卻再也聽不到以往熟悉的大提琴音色。

☘

我回家時，呂克在大樓門口等我。

「我從窗口看到你回來的落寞身影及神色，自忖不該再讓你孤零零走樓梯回家。我猜想事情的發展不如你預期，我很抱歉，但你知道的，這也是預料中的事。別煩了，兄弟，來吧，別杵在那兒，我們走一走，你會好過一點。我們不一定要交談，不過你若想聊聊，我就在你身邊。你放心，等到明天，傷就不會那麼痛了，而後天，你就會把這件事忘得一乾二淨。相信我，失戀一開始總是很痛，但隨著時間流逝，一切都會過去，痛苦也是一樣。來吧，老友，別在那邊自哀自憐了，明天，你會是個很棒的醫生，她根本不知道她錯過了這麼好的男人。你等著，有一天，你會找到你的真命天女，世上又不是只有伊麗莎白和克蕾兒兩個女人，你值得更好的！」

☘

我遵守對呂克的承諾，與童年回憶劃清界線，全力在學業上衝刺。

有時候，呂克、蘇菲和我會在晚上聚首，一起溫書。蘇菲和我為了實習醫師國考奮鬥，呂克則為醫學院一年級期末的晉級考而努力。

結果出爐，三個人都成功通過考試，我們理所當然地為此大肆慶祝了一番。

這個夏天，蘇菲和我都沒有假期，呂克則與家人共度了兩個星期。他收假回來時神采奕奕，還胖了幾公斤。

秋天，媽媽來看我，她交給我一個裝滿了全新襯衫的小行李箱，並向我道歉沒辦法到我的套房幫我整理。她的膝蓋越來越痛，爬樓梯對她而言太過吃力。於是我們沿著河岸散步，我擔憂地看著她邊走邊喘，但她捏捏我的臉頰，笑著說我得接受眼看她變老的事實。

「有一天你也會這樣，」當我們在她最喜歡的小餐館吃完晚餐時，她對我說，「在這之前，好好享受青春吧，你不知道它流逝得多迅速。」

然後，她再次趁我來不及拿起帳單前，一把搶過去結了帳。

當我們漫步朝著她投宿的小旅館走去時，她向我提到家裡的房子。她花上一整天的時間重新粉刷每一個房間，即使對她而言，她耗在上面的精力讓她有點精疲力竭。她向我招認動手整理了閣樓，還留了一個她找到的盒子給我，要我下次回家時，到樓上看看。我很想探出多一點盒子的消息，但媽媽始終保持神祕。

「你回來的那天就會看到啦。」在小旅館前，她親了親我的臉頰，對我說。

晚餐後次日，我送她到火車站。她厭倦了大城市，決定提早回去。

☘

友情之中，有些事不可言說，僅能臆測。呂克和蘇菲走得越來越近。呂克總能找到適當藉口邀請蘇菲加入我們。這有點像當年的伊麗莎白和馬格，悄悄地一周接著一周往班上的後排位子挪近一樣，不過這次我可是留意到了。除了有幾個晚上，呂克為我們做晚餐之外，我越來越少看到他。我的實習醫師申請通過了，而他的擔架員工作時數卻得不斷增加，以支付他的學費。

我們開始在房間的桌上互留紙條，互祝對方有個愉快的一天或夜晚。呂克常常去訪視樓上的鄰居。有一天，他聽到一記重響，因為擔心她摔倒，他急忙衝到樓上去。愛麗絲好得很，她不過是在大掃除，把過去的一切都清掉。她瘋狂地打掃，清掉了滿滿的相簿，一大堆文件檔案，和一連串有紀念價值的存在回憶。

「我才不會把這些東西帶進墳墓裡。」她朝呂克大喊，神情愉悅地為他打開大門。

呂克被屋裡一團亂的狀況逗樂，貢獻了整個下午敦親睦鄰。她負責裝滿一袋又一袋的塑膠袋，呂克則幫忙把袋子拿到樓下，扔進大樓的垃圾筒。

「我才不要滿足我的孩子，讓他們在我死後才開始喜歡我！他們要這樣也只能在我活著的時候！」

從這不尋常的一天開始，他們之間便產生了默契。每次我和愛麗絲在樓梯間相遇，我跟她打招呼時，她都會要我向呂克問好。呂克則被她堅強的性格征服，開始會拋下我，轉而陪她度過傍晚。

☘

聖誕節快到了，我盡了一切努力，希望獲得幾天假期回家看媽媽，不過遭到主任拒絕。

「你是否沒注意到『實習』的涵義？」當我向他提出請求時，他回答，「當你成為正式醫師時，就可以在節日時回家，並且可以像我一樣，指名要實習醫師來代班。」他還用一種讓人很想摑他耳光的語氣加上一句：「有點耐心和堅持，只要再熬個幾年，就換你回家享用火雞大餐啦。」

我把結果告訴媽媽，她立刻原諒了我。還有誰比她更能瞭解實習醫師的心酸呢，更何況總醫師還是個盛氣凌人、目空一切，又自視甚高的傢伙。如同我每次發脾氣的時候一樣，媽媽總是能找到適當的字眼來安撫我。

「你記不記得，有一次我因為無法出席你期末的頒獎典禮而難過，還記得你當時跟我說了什麼嗎？」

「下一年還會有另一場頒獎典禮啊。」我在話筒這一頭回答。

「我親愛的，所以明年肯定還會有另一個聖誕節，如果你的上司一直都這麼不可理喻的話，別擔心，我們可以改在一月慶祝聖誕。」

距離節日還有幾天，呂克已經在準備行李，他在行李箱裡放了比平常更多的衣物。每次我轉過身，他就把毛衣、襯衫、長褲，甚至一些非季節性的衣物堆進行李箱。我終於注意到他不尋常的打包行為和他略顯尷尬的神情。

「你要去哪裡？」

「回我家。」

「你有必要為這短短幾天的假期搬一趟家嗎？」

呂克倒進扶手椅中。

「我的人生缺少某些東西。」他對我說。

「你缺少什麼？」

「我的生活！」

他雙拳互握，緊盯著我，然後接著說下去。

「我在這裡不快樂，老友。我曾經以為，當上醫生能改變我的處境，我的父母會以我為榮；麵包師傅的兒子成為醫生，這會是個多美好的故事！只有一件事例外，即使有一天，我成功當上最偉大的外科醫師，但相較於我爸爸，我永遠無法望其項背。我爸爸或許只是做麵包的，但你要看到那些在清晨第一時間來買麵包的人，他們竟然如此快樂。你還記得在海邊小旅館的那些小老人嗎？我曾為他們做過烘餅，而我爸爸啊，他每天都在創造這種奇跡。他是一位謙虛又低調的男人，不會說太多話，但他的雙眼已道盡了一切。當我在烘焙坊裡跟他一起工作時，我們有時一整夜都不說話，然而在揉麵團時，我們會肩並肩站在一起，彼此分享許多東西。他是我的標竿，是我想成為的對象。他想讓我學會的技藝，正是我想從事的工作。我告訴自己，有一天，我也會有孩子，我知道如果我和我爸爸一樣，成為一名很棒的麵包師傅，我相信我的孩子會以我為榮，就如同我以我爸爸為榮。別生我的氣，聖誕節過後，我不會再回來了，我要終止醫學院的課業。等一下，你什麼都別說，我還沒說完。我知道你介入了某些事，也曾跟我爸爸談過，這不是我爸告訴我的，是我媽媽。我在這裡度過的每一天，包括那些你真的惹得我很生氣的日子，我都打從心底感謝你，謝謝你給我機會到醫學院進修；多虧了你，我現在才知道什麼事我不想做。你回鄉下的時候，我會為你準備好巧克力麵包和咖啡口味的閃電麵包，我們會一起分享，就像從前那樣。不，比從前更好，我們會一起品嚐，就像未來那樣。好了，我的老友，這不是永別，只是再見。」

呂克抱了抱我，我感覺到他好像流了點眼淚，我想我也一樣。好蠢，兩個大男人靠在彼此的懷裡啜泣。也許不竟然，畢竟我們兩個是感情好得像兄弟的朋友啊。

離開之前，呂克還向我坦承了最後一件事。我幫忙他把行李堆滿了老廂型車，他坐上駕駛座，關上車門，然後又搖下車窗，以一種嚴肅語氣對我說：

「嗯，我有點不太好意思問你這件事，不過，現在你和蘇菲之間的關係應該已經很清楚了，不是啦，我想說的是，現在她很確定你們之間只是朋友關係了，那麼，如果我時不時打電話給她，你會不會介意？你或許不會相信，但正是在海邊的那個該死的周末，當你在扮演燈塔守護者和放風箏時，我和她談了許多。當然，我也可能會錯意，不過我當時真的感受到我們之間有電流通過，就是一種意氣相投的感覺，你懂我說的意思吧。所以，如果你不介意的話，我很快就會再來看你，也會趁機邀請她來晚餐。」

「全世界所有的單身女孩中，你就一定非得愛上蘇菲不可？」

「我就說了啊：如果你不介意的話，不然我還能怎樣……」

汽車啟動，呂克隔著車窗揮揮手，比出再見的手勢。

我被大量的工作吞噬，渾然不覺時光流逝。每個星期三，蘇菲和我會一起共度，純友誼式的晚餐，偶爾看場電影，將彼此的孤單抖落在昏暗的電影院裡。呂克每個星期都寫信給她，全是趁他爸爸坐在椅子上、靠著麵包店的牆打瞌睡時，他抽空寫下的隻字片語。蘇菲每次都會把其中提及我的幾行給我看，呂克總是致歉說沒有時間寫信給我，但我知道這是他的方式，好讓我知道他和蘇菲的書信往來。

套房裡很安靜，甚至對我而言太安靜了。我有時會環顧空間，我們三個人曾經在這裡共度了那麼多個夜晚，一起盯著廚房半掩的門，期望呂克從那裡冒出來，端著一盤麵或他拿手的焗烤。我曾答應他一件事，也認真地遵循。每個星期二及星期六，我會上樓探望鄰居，花一個小時的時間陪陪她。幾個月後，她向我保證，我已經比她的親生孩子還更瞭解她的人生。探訪有個好處：本來拒絕吃藥的她，在面對我所代表的醫學權威下屈服了。

某個星期一晚上，我因為許下的一個願望得償所願而大大吃了一驚。一回家，我就在樓梯口聞到了一股熟悉的香味。才打開房門，我就看到呂克穿著圍裙，地上擺了三副餐具。

「啊，對了，我先前忘了把鑰匙還你！不過我可不想待在樓梯口等你回來。我準備了你最愛吃的焗烤通心粉，你可以邊吃邊告訴我你的近況。我知道，有三副餐具，我自作主張地邀請了蘇菲。對了，你能不能幫我顧一下廚房，我得去洗個澡，她再過半小時就到了，我卻連換衣服的時間都沒有。」

「至少先跟我道聲好吧。」我回答他。

「千萬別打開烤箱！一切就交給你了，我需要差不多五分鐘。你能不能借我一件襯衫？」他邊說邊在我的衣櫥裡亂翻，「咦，藍色這件不錯。你記得麵包店是星期二休息吧？我是趁公休日趕過來的。我在火車上狂睡，所以糟得像隻蟑螂一樣。不過重回這裡的感覺還真是特別。」

「我看到你倒是非常高興。」

「啊哈，終於說出口啦，我還想說你會不會說出來呢！還缺一條長褲，你應該有長褲可以借我吧？」

呂克脫下我的浴袍丟在床上，套上他選好的褲子。他在鏡子前梳理頭髮，把一綹掉落在前額的頭髮整理好。

「我應該剪頭髮了，你覺得呢？你知道嗎，我開始掉頭髮了，這好像是遺傳造成的。我爸的後腦勺已經禿得像專給蚊子降落用的飛機場一樣，我想我的前額很快也會繼承到禿出一條飛機跑道。你覺得我這樣如何？」他轉過身來問我。

「你想知道的應該是依『她』看來如何吧？蘇菲一定會覺得，你穿我的衣服性感極了。」

「你在想什麼啊？只不過是因為我很少有機會脫掉圍裙，難得一次盛裝打扮，我很高興，如此而已。」

蘇菲按門鈴，呂克急忙去迎接她。他眼中閃爍的火花，比我們童年時成功惡整到馬格的時候更耀眼多了。

蘇菲身穿一件海軍藍毛衣和一件及膝格子裙，都是她當天下午在舊衣店買來的。她問我們對她這身帶點復古風的打扮評價如何。

「超適合妳的。」呂克回答。

蘇菲似乎對他的評價感到很滿意，因為她完全沒等我回答，就隨著呂克走進廚房。

用餐間，呂克向我們承認，他有時也會懷念當初學生生活的某些時刻，但他立刻澄清說，絕對不是解剖室，也不是醫院的長廊，更不是急診部，而是那些像我們此刻般一起用餐的夜晚。

用過晚餐，我留在家裡，這一次，是呂克到蘇菲家裡過夜。離開前，他承諾春天結束前會再來看我。然而，人生總是常常事與願違。

媽媽在之前的一封信裡宣稱三月初會來看我。為了她的到來，我提前在她最鍾愛的小餐館預訂了位子，還堅持跟上司協調，休了一天的假。星期三早晨，我到車站去接媽媽下火車，車廂裡的乘客都走光了，媽媽卻不在旅客群當中。突然，呂克出現在月台上，他一件行李都沒帶，僵直地站在我對面。從他泫然欲泣的表情，我立刻明白世界已經崩解，一切再也和之前不一樣了。

呂克慢慢走近，我真希望他永遠不要走到我面前，不要說出他準備好要說的話。

一波人潮將我包圍，是一群要朝車站大門前進的旅客。我真希望成為他們其中一員，在我的世界瞬間停擺的此刻，還能覺得地球可以繼續轉動，彷彿什麼事都不曾發生。

呂克說：「兄弟，你媽媽過世了。」我頓時感到一把利刃狠狠撕裂了我的五臟六腑。當嗚咽將我攫獲，呂克把我擁進懷裡，我至今仍然記得，我當時在月台上迸出一聲嘶吼，一記打從童稚深處吶喊而出的嚎叫。呂克緊緊抱住我，不讓我倒臥在地，他低聲對我說：「叫吧，盡情叫吧，我就在這裡，老友。」

我再也不能再看到妳，再也不能聽到妳叫我的名字，就像從前每天早上妳所做的那樣。我再也嗅不到妳衣服上適合妳的香味，再也不能與妳分享我的快樂與憂傷。我們再也不能互相傾訴，妳再也無法整理插在客廳大花瓶中的含羞草，那是我一月底為妳摘來的。妳再也不會戴夏天的草帽，不能披秋天第一波寒流來襲時妳披在肩上的喀什米爾披肩。妳再也不會在十二月的雪覆蓋花園時點燃壁爐。你在春天未臨前離去，毫無預警地拋下我。在月台上得知妳已不在時，我感覺到一生中前所未有的孤單。

「我媽媽今天死了。」這句話，我重複了上百遍，卻不論說了幾百次都無法相信。在她離世當天缺席的遺憾，我永遠都無法擺脫。

在火車站的月台上，呂克向我說明了事發經過。他先前向我媽媽提議，要到家裡接她，送她去搭火車，所以是他發現媽媽冷冰冰地倒臥在門前。呂克雖然呼救，但為時已晚，她在前一晚就已辭世。她很可能是在出去關百葉窗時昏倒，因心臟停止跳動而驟逝。媽媽躺在花園的土地上度過了最後一夜，瞪大了眼睛看著天上的星星。

我們一起坐上火車回去。呂克靜靜看著我，我則望著窗外飛逝的景色，想著媽媽曾經多少次坐車來看我時，欣賞過同樣的風景。我甚至忘了取消之前在她最喜歡的小餐館的訂位。

她在殯儀館等著我。媽媽真是體貼得令人難以置信。葬儀社的負責人告訴我，她早已打點好了一切。她躺在棺木裡等著我，膚色蒼白，綻放著一絲安心的微笑，這是媽媽的方式，用來告訴我一切都會順利度過，而她一直看顧著我，就像當初開學第一天那樣。我把唇印在她的臉頰，獻給媽媽最後一吻，就像童年的布幕永遠落下。我整夜都在為媽媽守靈，如同她曾經守護著，我度過了無數個夜晚。

青少年時期，我們總夢想著離開父母的一天，而改天，卻換成父母離開我們了。於是我們就只能夢想著，能否有一時片刻，重新變回寄居父母屋簷下的孩子，能抱抱他們，不害羞地告訴他們我們愛他們，為了讓自己安心而緊緊依偎在他們身邊。

神父在媽媽的墓前主持彌撒。我聽著他講道，他說人們從來不會失去雙親，即使過世後，他們還是與你們同在。那些對你們懷有感情，並且把全部的愛都奉獻給你們、好讓你們替他們活下去的人，會永遠活在你們的心中，不會消失。

牧師說的固然有理，但一想到世上已經再也沒有他們呼吸之地，你將再也聽不到他們的聲音，而童年家屋的百葉窗將會永遠闔上，你就會陷入連上帝也無法感受的孤寂裡。

我從未停止思念媽媽，她存在於我生命裡的每一刻。看到一部電影，會想到她可能會喜歡，聽到一首歌曲，會想到她會哼唱。而風和日麗的日子裡，聞到一個女人路過時，空氣裡飄來的香味，也會讓我想到她；我甚至偶爾還會低聲跟她說話。牧師說的有理，不論信奉上帝與否，一名母親絕不會全然死去，她會永垂不朽，在她愛過的孩子心中。我希望有朝一日換我養育孩子時，也能在孩子心中贏得永恆的地位。

幾乎整個村子的人都出席了葬禮，就連馬格也出乎我意料之外地出現。他胸口披掛著皮綬帶，這個笨蛋竟然成功選上了村長。呂克的爸爸為了參加葬禮而關了店。女校長也來了，她已經退休很久了，但她哭得比其他人還慘，而且一直稱我為「我的小親親」。蘇菲也來了，呂克通知了她，所以她搭早上第一班火車趕來。我也說不上來為什麼，看到他們倆手牽著手，帶給我一股莫大的安慰。送葬隊伍解散後，我一個人孤零零地站在墓前。

我從皮包拿出一張從未離身的照片，一張爸爸抱著我的照片。我將它放在媽媽的墓前，為了在這一天，最後一次看到我們一家三口團圓在一起。

葬禮過後，呂克用他的老廂型車把我載到家門口，他最後買了這台當年租的同款汽車。

「要不要我陪你進去？」

「不用了，謝謝你，你跟蘇菲留步吧。」

「我們不能就這樣丟下你一個人，尤其在這樣的夜裡。」

「我想這正是我渴望的。你知道，我已經好幾個月沒有踏進這裡，而且，我還能從牆壁上感受到她的存在。我向你保證，即使她睡在墓園，我也要與她共度這最後一夜。」

呂克猶豫著要不要離開。他笑了笑，對我說：「你知道嗎，在學校裡，我們全都迷戀你媽媽。」

「我不知道這件事。」

「她不是班上同學的媽媽中最美的，但我相信就連笨蛋馬格都喜歡她。」

這個笨蛋成功讓我擠出了一絲微笑。我下了車，看著他驅車遠去，才走進屋內。

☘

我發現媽媽並未重新粉刷房子。她的醫療文件放在客廳的小矮桌上，我拿起來翻閱，一看到她的超音波上顯示的日期，我全都明白了。她所謂的與朋友到南部度假一周，根本就不曾有過；她從冬季末就有心臟的問題，在我和呂克及蘇菲到海邊度假的期間，她正入院接受檢查。她編造了這趟旅行，因為不想讓我為她擔心。我學醫的目的，原是為了照顧媽媽所有的病痛，卻竟然沒察覺出她已經生病了。

我走到廚房，打開冰箱，看到她準備好的晚餐……

我呆若木雞地站在敞開的冰箱前，眼淚失控地奔流而下。葬禮全程我都沒有哭泣，彷彿她禁止我哭，因為她希望我不要在眾人面前失態。只有碰到毫不起眼的小細節時，我們才會突然意識到，深愛的人已經不在的事實；床頭桌上的鬧鐘仍在滴答作響，一個枕頭落在凌亂的床邊，一張照片立在五斗櫃上，一隻牙刷插在漱口杯中，一只茶壺立在廚房的窗台上，壺嘴面向窗戶以便觀看花園，而擺放在桌上的，還有吃剩的、淋了楓糖漿的蘋果卡卡蛋糕。

我的童年曾在這裡，消散在這棟滿是回憶的屋子裡，回憶裡有著關於媽媽、關於我們一起生活過的點點滴滴。

☘

我想起媽媽曾跟我提到她找到一個盒子，滿月的夜裡，我爬上閣樓。盒子就放在地板上明顯的地方，盒蓋上有一張媽媽親筆寫的紙條。

我的愛：

上次你回來時，我聽到你爬上閣樓的聲音，我相信你還會再來，所以把我們最後的約會訂在這裡。我很確定你有時還會與你的影子交談，不要以爲我是在嘲笑你，只因爲這讓我回想起你的童年。小時候，你去上學時，我會藉著幫你整理房間的名義，走進你的房間，整理床鋪時，我會拿起你的枕頭，嗅一嗅你的味道。你不過離家五百公尺，我就已經想念你了。你看，一個媽媽的心就是如此單純，永遠都在想念著她的孩子；從張開眼睛的第一秒，你們就占據了我們全部的思想，再也沒有別的事物能讓我們感受到如此的幸福。我遠遠談不上是一位最優秀的母親，你卻是一個好得完全超出我期待的兒子，而你將會成爲一名優秀的醫師。

這個盒子屬於你，它本來不應該存在，我祈求你的原諒。

愛你並且會一直深愛你的媽媽

我打開盒子，從中找到所有爸爸之前寄給我的信，在每一個聖誕節以及每年我的生日。

我在天窗前盤腿坐在地上，看著月亮在夜裡升空，我把爸爸的信緊緊擁在胸前，喃喃地說：「媽媽，妳怎能如此對我！」

然後我的影子在地板上延伸，我依稀看到影子旁邊有媽媽的身影，她對著我又哭又笑。月亮繼續巡視人間，而媽媽的影子漸漸隱去。

我完全無法入眠。我的房間如此安靜，隔壁房間再也不會傳來聲響，我曾經習慣的聲音已經消失，幃幔的褶溝悲傷地文風不動。我看了看手錶，呂克凌晨三點休息，我想去看看他。這個意念驅使著我，我毫不猶豫地關上家門，任由步伐帶領著我前進。

我轉進小巷子，隱身在夜影中。我看到我最好的朋友坐在椅子上，和他的爸爸聊得正起勁。我不想打斷他們，於是轉過身，繼續走著，卻又不知道該何去何從。我走到學校的鐵柵欄門前，大門微敞著，我推開門走進去，操場空空盪盪寂靜無聲，至少我這麼以為。就在走近七葉樹前，一個聲音喊住了我。

「我就知道能在這裡找到你。」

我嚇了一跳轉過身去，伊凡正坐在長椅上看著我。

「過來坐在我身邊。這麼久的日子沒見，我們應該有很多事可以聊。」

我在他身旁坐下，問他來這裡做什麼。

「我參加了你母親的葬禮。我很遺憾，你媽媽是我非常尊敬的女士。因為我到得有點晚，所以站在送葬隊伍的後頭。」

伊凡來參加媽媽的葬禮讓我非常感動。

「你到學校操場來幹嘛？」他問我。

「我沒有半點想法，我過了很難過的一天。」

「我知道你會過來。我不只是來參加你母親的葬禮，還想來看看你。你仍然擁有跟從前一樣的眼神，雖然我一直相信這一點，但還是想確認一下。」

「為什麼？」

「因為我認為，我們兩個都想趁著回憶消失之前趕緊回溯，以尋回一些回憶。」

「你後來怎麼樣了？」

「跟你一樣，我轉換了生活軌道，建立了新生活。但你當年還是小學生啊，你離開這個學校和這個小城之後做了些什麼呢？」

「我是醫生，嗯——差不多算是啦。不過我連自己的媽媽生病了都沒有察覺，我自以為能從其他人的眼裡看出一些不易察覺的東西，卻不知道自己比他們更盲目。」

「你還記得我跟你說過，如果有一天你心裡有事，卻沒有勇氣說出口，你可以相信我跟我說，我絕不會出賣你。也許今夜不說就再也沒機會了……」

「我昨天失去了媽媽，她從來沒向我提過她的病情，而今晚，我在閣樓裡找到她之前藏起來、我爸爸寫給我的信。人們一旦開始說謊，就再也不知如何停止。」

「你爸爸寫了什麼給你？如果這不是隱私的話。」

「他說每年我領獎時他都會來看我，他總是遠遠站在鐵柵門後，我竟然曾經離他如此之近卻又如此之遠。」

「他沒再說別的嗎？」

「有，他向我坦承他最後放棄了。他為了那個女人離開我的母親，然後和她有了一個兒子。我多了一個同父異母的弟弟，他似乎跟我很相像，這下子我有了一個真的影子。很有趣，對吧？」

「你打算怎麼做？」

「我不知道。在他最後一封信裡，我爸爸談到他的懦弱，他說他想為新的家庭建立未來，他從未有勇氣要他們接受他的過去。我現在知道，他的愛都到哪裡去了。」

「你從小與別的孩子不同之處，就是你有能力感受不幸，不僅僅止於你自身涉及的，也包含其他人遭遇到的。而你現在只是長大了。」

伊凡對我微笑，接著向我提出一個奇怪的問題。

「如果童年的你遇上了長大成年的你，你認為這兩個你會不會相處得很融洽，進而成為同謀呢？」

「你究竟是誰？」我問他。

「一個拒絕長大的男人，一個被你解放自由的學校警衛，又或是在你需要朋友時、虛構出來的影子，全都取決於你來定義。我欠了你的恩情，我想今夜是清償的好時機。說到好時機，你還記得我曾經跟你提過的浪漫邂逅嗎？我記得你當時正經歷了人生第一次的愛情幻滅。」

「沒錯，我想起來了，我那天也滿低潮的。」

「你知道嗎，所謂好時機，也適用於重逢時刻。你應該去我的工具間後面晃晃，我想你留了樣東西在那裡。某樣屬於你的東西。去吧！我在這裡等你。」

我起身，走到小木屋後方，但即使我望遍四周，也找不到任何特別的東西。

我聽到伊凡的聲音，叫我要仔細尋找。我跪在地上，清澈月光照得滿地清晰如白晝，但我仍然一無所獲。風開始呼嘯，一陣狂風捲起灰塵，吹得我滿臉都是，連眼皮都闔上了。我找到一只手帕擦了擦眼睛，才得以重見光明。在上衣口袋裡（正是我穿去聽音樂會的那一件），我發現了一張紙，上面有一位大提琴家的親筆簽名。

我走回長椅，伊凡已經不在了，操場又再次空無一人。在他剛才坐過的位子上，有一只信封壓在一顆小石子下。我把信拆開，裡面有一封影印的信，印在一張因歲月洗滌而略略泛黃的美麗信紙上。

我一個人坐在長椅上，重讀這些字句。也許正因為媽媽在信中寫到，她最大的心願就是我將來能開心地茁壯成長；她期盼我找到一份讓自己快樂的工作，不管我人生中做出什麼選擇，不論我會去愛或是被愛，都希望我會實現所有她對我寄予的期望。這一次，也許正是這些句子，解放了一直將我禁錮在童年的枷鎖。

第二天，我關上家裡的百葉窗，又和呂克道了別，坐上媽媽的舊車，我開了整整一天的車。傍晚，我抵達了濱海小鎮。我把車停在防波堤前，跨過老燈塔的鐵鏈，一直爬到塔頂，然後取下我的風箏。

一看到我來，小旅館的老闆娘露出比上次還抱歉的臉色。

「我還是沒有空房間。」她嘆了口氣告訴我。

「這一點也不重要，我只是來看一位寄宿的老人家，我知道該到哪裡找他。」

布夏太太坐在扶手椅上，她起身走過來見我。

「我沒想到你會實現承諾，真是驚喜。」

我向她坦承我不是來看她的。她垂下雙眼，看到我手中的袋子，又瞥見我另一隻手中的風箏，然後笑了。

「你很幸運，我不敢說他今天神智清楚，但還算是狀況良好。他在房裡，我帶你過去。」

我們一起上樓，她敲了敲門，我們走進小雜貨店老闆的房間。

「里奧，你有訪客。」布夏太太說。

「真的嗎？我沒在等人啊。」他一邊回答一邊把書放在床頭櫃上。

我走近他，把我可憐兮兮的老鷹風箏拿給他。

他凝視了風箏好一會兒，然後臉龐突然亮起了光采。

「真有趣，我曾經把一只長得很像的風箏送給一個小男孩，他媽媽很吝嗇，不願意送他這份生日禮物。為了不讓他媽媽不開心，小男孩每天晚上都會把風箏寄放在我這裡，隔天早上再拿走。」他說道。

「我欺騙了您，我媽媽是一位最仁慈的女士，如果我要求她的話，她會把全世界的風箏都買下來送給我。」

「其實啊，我知道這是那小子捏造的謊言，」老先生沒在聽我說話，繼續接著說下去，「不過小傢伙一臉拿不到風箏就很難過的神情，讓我忍不住想把風箏送給他。唉，我看過很多小孩子站在我的小雜貨店前渴望它。」

「您能不能把它修好？」我興奮地問他。

「應該要修好啊，」他對我說，好像只聽到一半我所說的話，「像現在這個樣子，可就飛不起來了。」

「這正是這名年輕人的請求，里奧，你也注意聽一下話吧，這樣很傷腦筋耶。」

「布夏太太，既然這是這名年輕人來找我的原因，與其在這裡教訓我，不如去幫我採買修理風箏的工具，這樣我就能立刻開始動手。」

里奧列出他需要的工具清單，我拿了單子就往五金行衝去。布夏太太陪我走到門口，悄悄在我耳邊說，如果我剛好可以順道經過菸草店，她就會是全世界最幸福的女人。

我在一小時後返回小旅館，兩項任務都達成了。

小雜貨店老闆跟我約了隔天中午在沙灘見，他無法保證什麼，但他會盡力。

我邀請布夏太太一起晚餐，我們談到克蕾兒，我把一切都告訴了她。當我陪她走回旅館時，她在我耳邊低聲說了一個主意。

我在市中心的小旅館找到一間空房，頭一沾枕就昏睡了過去。

中午，我站在沙灘上，小雜貨店老闆準時在布夏太太的陪伴下到達。他展開風箏，驕傲地向我展示，翅膀已經補好，骨幹也已修復，儘管我的老鷹看起來有點殘破，但仍然重現了光采。

「你可以試著讓它飛一小段看看，不過要小心，它畢竟不是當年的飛鷹了。」

兩個小的S，一個大大的8，風箏順著一陣風飛了起來，線軸快速轉動，里奧不斷地鼓掌。布夏太太摟住他，把頭靠在他的肩上。他臉紅了，她向他道歉，但仍維持著同樣的姿勢。

「雖然我們孀居，」她說，「可不代表我們不需要一點柔情。」

我謝過他們兩位，就在沙灘上與他們道別。我還有一大段車程要開，而我已經迫不及待要趕回去。

我打電話給主任，藉口因辦理媽媽的喪禮需要比預期多一點時間，所以會晚兩天回去上班。

我知道，人一旦開始說謊，就很難不繼續下去。但我管不了那麼多，每個人都有自己的理由。這一次，我也有我非如此不可的理由。

我在下午出現在音樂學院，警衛馬上就認出了我。他的喉嚨已經痊癒，他一邊說著一邊讓我走進他的辦公室。我問他能不能再幫我一次。

這一次，我要找的是克蕾兒．諾曼最近的音樂會時間和地點。

「我對此一無所知，不過如果你要見她，她就在一樓走廊盡頭的一〇五教室。但是你得再等一會兒，這個時間她正在教課，課程要到四點才會結束。」

我的穿著並不得體，一頭亂髮，鬍子也沒刮，我想了上千個理由阻止自己過去，我還沒做好心理準備。不過最終還是抵抗不了想見她的渴望。

她的教室是透明的玻璃隔間。我站了好一會兒，從走廊上看著她，她正在教一群小孩子。我把手放在玻璃上，其中一個學生轉過頭，一看到我就停下演奏。我趕緊低下身，手腳並用像個笨蛋般狼狽離開。

我在街上等待克蕾兒。她一走出音樂學院，就把頭髮綁起來，提著書包走向公車站。我尾隨她，彷彿追逐著她的影子。陽光照在她身後，她就走在我前方，距離幾步之遙。

她上了公車，我坐在第一排，轉頭望向窗戶，克蕾兒則坐在後方的座椅上。每次公車靠站，我都感到一陣心跳加速。經過六站以後，克蕾兒下車了。

她走到街上，完全沒有轉過身。我看著她推開一棟小建築物的大門。幾分鐘後，四樓——也就是最高一層樓的兩扇窗戶點亮了燈，她的身影在廚房及客廳間穿梭，她的房間正對著院子。

我坐在路邊的長椅上等待，雙眼須臾不曾離開她的窗戶。六點鐘，一對夫婦走進大樓，三樓的燈亮起。七點，是一位住在二樓的老先生。十點，克蕾兒公寓的燈熄了。我逗留了一會兒才離開，帶著滿心的歡欣喜悅——克蕾兒一個人住。

我在隔天清晨回到原地，早晨和煦的風微微吹拂，我帶來了我的風箏。才剛展開，老鷹的雙翼就鼓了起來，然後快速飛起。幾個行人饒富興味地停下腳步觀看，然後才繼續趕路。修補過的老鷹風箏沿著建築物正面攀爬而上，還在四樓的窗戶前旋轉了幾圈。

克蕾兒注意到風箏時，她正在廚房泡茶，她簡直不敢相信自己的眼睛，嚇得平白把手上的早餐杯摔碎在地磚上。

幾分鐘過後，大樓的門打開，克蕾兒朝我衝了過來。她目不轉睛地盯著我，對著我微笑，把手放進我的手裡，不是為了握我的手，而是要抓住風箏的手柄。

在城市的天空裡，她用紙老鷹劃出大大的S和無數個完美的8。克蕾兒向來擅長在空中寫詩，當我終於看懂她寫的句子時，我讀出：「我想你。」

一個會用風箏為你寫下「我想你」的女子啊，真讓人永遠都忘不了她。

太陽升起，我們的影子肩並肩拖長在人行道上。突然，我看到我的影子傾身，親吻了克蕾兒的影子。

於是，無視於我的羞怯，我摘下眼鏡，模仿影子的動作。

就在這個早晨，遠方防波堤旁的小小廢棄燈塔裡，塔燈彷彿又開始轉動，而回憶的影子正低低向我述說這一切。

（全文完）

*Merci à*

謹向諸位致謝——

寶琳（Pauline）

路易（Louis）

蘇珊娜・萊兒（Susanna Lea）

艾曼妞兒・阿赫杜安（Emmanuelle Hardouin）

黑蒙、丹尼兒和蘿涵・李維（Raymond, Danièle et Lorraine Levy）

妮可・拉提（Nicole Lattès）、里歐娜羅・布宏多理尼（Leonello Brandolini）、

安東尼・卡侯（Antoine Caro）、伊麗莎白・維娜兒（Élisabeth Villeneuve）、安—瑪麗・浪方（Anne-Marie Lenfant）、亞希兒・斯柏侯（Arié Sberro）、希麗維・巴赫多（Sylvie Bardeau）、婷・吉赫伯（Tine Gerber）、麗蒂・樂華（Lydie Leroy）、若埃爾・赫諾達（Joël Renaudat）以及Robert Laffont出版社的所有團隊。

寶琳・諾曼（Pauline Normand）、娜塔莉・勒拜（Nathalie Lepage）

里奧那・安東尼（Léonard Anthony）、何曼・呼奇（Romain Ruetsch）、丹尼兒・梅勒哥尼昂（Danielle Melconian）、卡特漢・歐達普（Katrin Hodapp）、馬克・凱思勒（Mark Kessler）、蘿哈・馬默樂克（Laura Mamelok）、羅宏・馮德剛（Lauren Wendelken）、凱希・格隆哥斯（Kerry Glencorse）、莫伊娜・馬斯（Moïna Macé）

布希吉特與莎哈・佛希喜耶（Brigitte et Sarah Forissier）

您可在以下網站搜尋到所有關於馬克・李維的消息

www.marclevy.info

www.facebook.com/marc.levy.fanpage

欲知更多關於《偷影子的人》的消息，請見：

www.levoleurdombres.com

國家圖書館出版品預行編目資料

偷影子的人／馬克・李維（Marc Levy）著；段韻靈譯
. 初版. ——台北市：商周出版：家庭傳媒城邦分公
司發行, 2011.08 面；公分.——（獨・小說；28）
譯自：Le voleur d'ombres
ISBN 978-986-272-019-6（平裝）

876.57 100015740

獨・小說28


# 偷影子的人（改版）Le voleur d'ombres

作　　者／馬克・李維（Marc Levy）
譯　　者／段韻靈
企畫選書／余筱嵐
責任編輯／余筱嵐

版　　權／吳亭儀、林易萱、江欣瑜
行銷業務／周佑潔、黃崇華、賴正祐、賴玉嵐
總 編 輯／黃靖卉
總 經 理／彭之琬
第一事業群總經理／黃淑貞
發 行 人／何飛鵬
法律顧問／元禾法律事務所 王子文律師
出　　版／商周出版
台北市 104 民生東路二段141 號9 樓
電話：(02) 25007008 傳眞：(02)25007759
E-mail：bwp.service@cite.com.tw
發　　行／英屬蓋曼群島商家庭傳媒股份有限公司 城邦分公司
台北市中山區民生東路二段 141 號2 樓
書虫客服服務專線：02-25007718；25007719
服務時間：週一至週五上午 09:30-12:00；下午13:30-17:00
24 小時傳眞專線：02-25001990；25001991
劃撥帳號：19863813；戶名：書虫股份有限公司
讀者服務信箱：service@readingclub.com.tw
城邦讀書花園：www.cite.com.tw
香港發行所／城邦（香港）出版集團有限公司
香港灣仔駱克道 193 號東超商業中心 1F E-mail : hkcite@biznetvigator.com
電話：(852) 25086231 傳眞：(852) 25789337
馬新發行所／城邦（馬新）出版集團【Cite (M) Sdn Bhd】
41, Jalan Radin Anum, Bandar Baru Sri Petaling,
57000 Kuala Lumpur, Malaysia
電話：（603）90578822　傳眞：（603）90576622
Email: cite@cite.com.my

封面設計／蔡南昇
排　　版／極翔企業有限公司
印　　刷／韋懋實業有限公司
經　　銷／聯合發行股份有限公司　地址：新北市231新店區寶橋路235巷6號2樓
電話：(02) 29178022　傳眞：(02) 29110053

■2011年8月30日初版
■2022年3月17日二版2.5刷
定價300元


 ISBN 978-986-272-019-6

商周出版

| 廣　告　回　函 |
|---|
| 北區郵政管理登記證 |
| 北臺字第000791號 |
| 郵資已付，免貼郵票 |

104　台北市民生東路二段141號2樓

英屬蓋曼群島商家庭傳媒股份有限公司城邦分公司　收

請沿虛線對摺，謝謝！

商周出版

書號：BUC028X　書名：偷影子的人（改版）　編碼：

請於此處用膠水黏貼

商周出版

# 讀者回函卡

感謝您購買我們出版的書籍！請費心填寫此回函卡，我們將不定期寄上城邦集團最新的出版訊息。

不定期好禮相贈！
立即加入：商周出版
Facebook 粉絲團

姓名：＿＿＿＿＿＿＿＿＿＿＿＿＿＿＿＿＿＿＿＿ 性別：□男 □女

生日：西元＿＿＿＿＿＿＿＿年＿＿＿＿＿＿＿＿月＿＿＿＿＿＿＿＿日

地址：＿＿＿＿＿＿＿＿＿＿＿＿＿＿＿＿＿＿＿＿＿＿＿＿＿＿＿＿＿＿

聯絡電話：＿＿＿＿＿＿＿＿＿＿＿＿ 傳真：＿＿＿＿＿＿＿＿＿＿＿

E-mail ：

學歷：□ 1. 小學 □ 2. 國中 □ 3. 高中 □ 4. 大學 □ 5. 研究所以上

職業：□ 1. 學生 □ 2. 軍公教 □ 3. 服務 □ 4. 金融 □ 5. 製造 □ 6. 資訊
□ 7. 傳播 □ 8. 自由業 □ 9. 農漁牧 □ 10. 家管 □ 11. 退休
□ 12. 其他＿＿＿＿＿＿＿＿＿＿＿＿＿＿＿＿＿＿＿＿＿＿＿＿＿

您從何種方式得知本書消息？

□ 1. 書店 □ 2. 網路 □ 3. 報紙 □ 4. 雜誌 □ 5. 廣播 □ 6. 電視
□ 7. 親友推薦 □ 8. 其他＿＿＿＿＿＿＿＿＿＿＿＿＿＿＿＿＿＿

您通常以何種方式購書？

□ 1. 書店 □ 2. 網路 □ 3. 傳真訂購 □ 4. 郵局劃撥 □ 5. 其他＿＿＿＿

您喜歡閱讀那些類別的書籍？

□ 1. 財經商業 □ 2. 自然科學 □ 3. 歷史 □ 4. 法律 □ 5. 文學
□ 6. 休閒旅遊 □ 7. 小說 □ 8. 人物傳記 □ 9. 生活、勵志 □ 10. 其他

對我們的建議：＿＿＿＿＿＿＿＿＿＿＿＿＿＿＿＿＿＿＿＿＿＿＿＿＿＿＿



請於此處用膠水黏貼